庫 SF

〈SF353〉

猫のゆりかご

カート・ヴォネガット・ジュニア
伊藤典夫訳

早川書房

970

勇気ある行動と
洗練された趣味の人
ケネス・リッタワーに

本書には真実はいっさいない。

「〈フォーマ〉*を生きるよるべとしなさい。それはあなたを、勇敢で、親切で、健康で、幸福な人間にする」

――『ボコノンの書』第一の書第五節

*無害な非真実

目次

猫のゆりかご

1 世界が終末をむかえた日

わたしをジョーナと呼んでいただこう。両親はそう呼んだ。というか、ほぼそのように呼んだ。両親はわたしをジョンと名づけたのである。

ジョーナ――ジョン――かりに元の名がサムであったとしても、わたしはやはりジョーナであったろう――といっても、わたしが人を不幸にする人間（ジョーナは、旧約聖書にある小預言者ヨナの英語名。また不吉な人という意味もある）であったからではない。何者か、または何かが、あの時この時、あの場所この場所に、必ずわたしがいるように仕向けたからなのだ。これには、月並みなもの奇怪なものとりまぜて、さまざまな乗物や動機が用意された。そして計画どおり、指定されたそれぞれの瞬間、指定されたそれぞれの地点に、このジョーナがいたというわけだ。

聞きたまえ。

わたしが若かったころ——今を去ること妻二人前、タバコ二十五万本前、酒三千クォート前……

今よりずっと若かったころ、わたしは『世界が終末をむかえた日』と題されることになる本の資料を集めはじめた。

それは、事実に基づいた本になるはずだった。

それは、日本の広島に最初の原子爆弾が投下された日、アメリカの重要人物たちがどんなことをしていたかを記録した本になるはずだった。

それは、キリスト教の立場をとった本になるはずだった。そのころわたしはキリスト教徒だったのだ。

いまわたしはボコノン教徒である。

もし当時まわりにボコノンのほろにがい嘘を教えてくれるものがいたなら、わたしはボコノン教に改宗していただろう。だがボコノン教は、カリブ海のこの小島、サン・ロレンゾ共和国をとりまく砂利の浜と珊瑚の剣の奥深くにあり、わたしには知るべくもないものだった。

わたしたちボコノン教徒は、人類というものがたくさんのチームから成っていると信じている。本人たちは知ることなく、神の御心をおこなうチームである。ボコノンは、そのようなチームを〈カラース〉、人をその中に組み入れる道具を〈カンカン〉と名づけたが、わたしを今の〈カラース〉に組み入れた〈カンカン〉こそ、未完に終ったわたしの本『世界が終末をむかえた日』なのだった。

2 ナイス、ナイス、ヴェリ・ナイス

ボコノンは書いている。「もしあなたの人生が、それほど筋のとおった理由もないのに、どこかの誰かの人生とからみあってきたら、その人はおそらくあなたの〈カラース〉の一員だろう」

『ボコノンの書』のある部分で、彼はまたこう教える。「人はチェス盤をつくり、神は〈カラース〉をつくった」つまりボコノンは、〈カラース〉が、民族的、制度的、職業的、家族的、また階級的境界のいずれにもとらわれない存在だと言っているのである。

アメーバのように、かたちは自由なのだ。

ボコノンは自作の「カリプソ第五十三番」を、いっしょに歌おうとわたしたちに呼びかけている。

おお、セントラル・パークで
居眠りしている酔いどれも
昼なお暗いジャングルで
ライオン狩りするハンターも
それから、中国人の歯医者さん
イギリスの女王様――
みんなそろって
おんなじ機械のなか
ナイス、ナイス、ヴェリ・ナイス
ナイス、ナイス、ヴェリ・ナイス
ナイス、ナイス、ヴェリ・ナイス――
こんなに違う人たちが
みんなおんなじ仕掛けのなか

3 馬鹿

自分の〈カラース〉の限界や、全能の神があらしめているわざの真の意味を見きわめようとする人間に、ボコノンは何の戒めも与えない。そのような試みは中途半端に終るのがおちだ、とだけボコノンは言う。

『ボコノンの書』の自伝的な部分で、彼は、見きわめたふりをする、わかったふりをする愚かしさについて、こんなたとえ話をしている。

ロード・アイランド州のニューポートにいたころ、わたしの知りあいに監督教会派の婦人がいた。その婦人はグレートデンを飼っており、ある日わたしに犬小屋を作ってくれと頼んできた。彼女は、神と神のみわざをことごとく理解していると日ごろ公言していた。人がどうして過ぎたことや将来のことを思いわずらうのか、さっぱりわからないと言うのだった。

ところがさて、こんなところでどうかと犬小屋の青写真を見せると、彼女は言うのだ、「ごめんなさい。こういったもの、わかったためしがないのよ」

「では、ご主人か牧師さんに頼んで、神さまに渡してもらうんですな」と、わたしは言った。「暇ができれば、神さまはきっと、あなたみたいな人にもわかるように、これを説明してくれますよ」

わたしはクビになった。わたしはこの婦人のことを忘れない。神のお気にいりは、モーターボートに乗る人たちよりもヨットに乗る人たちのほうだ、と彼女は信じていた。彼女は這う虫を非常に嫌った。見かけようものなら悲鳴をあげた。

彼女は馬鹿だ。そう言うわたしも馬鹿だ。誰であれ、神のみわざがどのようなものか知っていると思う人間は、みんな馬鹿なのだ（とボコノンは書いている）。

4　巻きひげのまどい気味の巻きつきあい

それはともかくとして、わたしはこの本に、わたしの〈カラース〉のメンバーをできるだけたくさん収めたいと思う。そして、わたしたちが集団としていったい何をめざしていたかを、そこに色濃くあらわれたヒントの中から探ってみるつもりだ。

この本をボコノン教布教のためのパンフレットにする気はない。しかし、いちおうここで、ボコノン教徒の立場から読者に警告を与えておきたいと思う。『ボコノンの書』

は、こんな文章ではじまっている。

「わたしがこれから語ろうとするさまざまな真実の事柄は、みんなまっ赤な嘘である」

ボコノン教徒としてのわたしの警告は、こうだ。

嘘の上にも有益な宗教は築ける。それがわからない人間には、この本はわからない。

わからなければ、それでよい。


さて、わたしの〈カラース〉について。

これにまず含まれるのは、フィーリクス・ハニカー博士の三人の子供だろう。博士は原子爆弾第一号のいわゆる〝父〟の一人である。ハニカー博士自身も、わたしの〈カラース〉のメンバーだった。もっとも彼のほうは、わたしの〈シヌーカス〉、つまり、わたしの人生の巻きひげが彼の子供たちのそれに巻きつきはじめるまえに亡くなっていたが。

わたしの〈シヌーカス〉がはじめて接触した彼の遺児は、三人のうちの末っ子で、息子二人のうちの弟にあたるニュートン・ハニカーであった。学生友愛会《フラタニティ》の機関誌、季刊デルタ・ユプシロンを見ていて、ノーベル賞物理学者フィーリクス・ハニカー博士の子息、ニュートン・ハニカーが、わが支部、コーネル支部に仮入会したことを知ったのである。

　わたしはニュートにこんな手紙を書いた。

「親愛なるハニカー様

　それとも、親愛なる後輩ハニカー君、と書くべきでしょうか？

　わたしはコーネル大学出身のデルタ・ユプシロン会員で、フリーランスの作家を職業としているものです。いま、わたしは最初の原子爆弾にかんする本の資料を集めております。内容は、一九四五年八月六日、つまり原爆が広島に投下された日に起こったことだけにしぼるつもりです。

　じつは、それについてお願いがあります。亡くなられたお父上は原爆発明の中心人物として有名な方ですが、原爆が投下された日、ご自宅での様子がどんなふうであったか、何か秘話のようなものがありましたらお教え願いたいのです。

　まことに不勉強なことですが、高名な貴方がたご一家のことを、わたしはそれほどくわしく存じあげておりません。したがって、貴方にご兄弟がおられるかどうかも存ぜぬしだいです。もし、貴方にご兄弟がおられましたら、そのかたの住所もご教示いただきたく思います。同じお願いをしてみるつもりですので。

　ところで、原爆が投下されたころには、貴方はまだ非常にお若かったわけですが、それはむしろ好都合なことなのです。わたしの本は、原爆の技術的な面よりも人間的な面を強調するものなので、〝赤ちゃん〟の目から見た——この失礼な表現をお許しください——当時の回想でも、りっぱに本の目的にかなうのです。

文体と形式は気になさらず自由にお書きください。そちらは、わたしが責任を持ちます。話の骨子だけでけっこうです。

発売前に最終稿をお送りして、貴方の許可をあおぐことはもちろんです。

友愛をこめて——」

5　医学部予科生からの手紙

ニュートはこう答えてきた。

「返事がおくれたことをお詫びします。あなたがお書きになるという本には、ぼくもたいへん興味があります。爆弾が投下されたころ、ぼくはまだ小さかったので、それほどお役に立つとは思えません。くわしいことは、兄と姉にきくほうがよいでしょう。姉はハリスン・C・コナーズ夫人といい、住所はインディアナ州、インディアナポリス、北メリディアン通り四九一八です。そこは今では、ぼくの帰省先でもあります。姉なら喜んで力を貸してくれるでしょう。兄のフランクの所在は、皆目わかりません。二年前、父の葬式の直後に失踪し、それ以来消息不明なのです。ぼくらは、死んだものと思ってあきらめています。

広島に原子爆弾が落ちたとき、ぼくはまだ六つでした。ですから憶えているのは、あとで人が、あのときはこうだったと教えてくれたことばかりです。

家はニューヨーク州イリアムにあって、その日は、父の書斎を出たところにある、居間のカーペットの上で遊んでいたのを憶えています。ドアがあいていたので、書斎にいる父が見えました。父はパジャマの上にバスローブをかけていました。葉巻をすっていました。輪にした紐をもてあそんでいました。その日は一日、研究所に行かずパジャマのままでした。父は気がむかないといつも家にいるのでした。

たぶんご存じと思いますが、父はイリアムのジェネラル金属で学者としてのほとんど全生涯をおくりました。マンハッタン計画の話がもちこまれたときも、つまり原子爆弾開発計画のことですが、父はイリアムのそとでは研究にたずさわろうとしませんでした。したいところですするのでなければ、いやだと言うのです。たいていの場合、それは自宅でした。イリアム以外で、父が好きだった唯一の場所は、ケープ・コッドにあった別荘です。そこで父は亡くなりました。クリスマス・イヴが命日です。これもご存じでしょう。

とにかく、原爆が落ちたその日、ぼくは書斎のすぐまえのカーペットの上で遊んでいました。姉のアンジェラの話によると、子供の時分のぼくは、小さなトラックのおもちゃが好きで、〝ブルン、ブルン、ブルン〟とエンジンの音をまねながら何時間でも遊んでいたのだそうです。だからその日も、〝ブルン、ブルン、ブルン〟とやっていたのでしょう。父は書斎で、輪になった紐をおもちゃにしていました。

父がおもちゃにしていた紐の出所は、ひょんなことから知っています。これも、あなたの本のどこかに使えるかもしれません。父は、服役中の男が送ってきた、小説の原稿に巻いてあった紐を失敬したのです。小説は、二〇〇〇年に起こる世界の終りを描いたもので、題名は『紀元二〇〇〇年』でした。気ちがい科学者がおそろしい爆弾を発明して、世界を破滅させてしまうという話です。世界の終りを人びとが知るところで、ものすごい乱交シーンが展開されます。そして爆弾が爆発する十秒前に、イエス・キリストその人が降臨するのです。作者の名前は、マーヴィン・シャープ・ホルダーネスといい、同封されていた父宛ての手紙には、弟を殺した罪で刑務所にいると書いてありました。爆弾のなかにどんな火薬を入れたものかわからなくて、父に原稿を送ってきたのです。

父なら何か助言してくれると思ったのでしょう。

その本を六つのときに読んだというのではありません。原稿は何年も家にありました。兄のフランクはその中にワイセツな個所を見つけて、私有財産のようにしていました。フランクは自分の寝室の〝壁金庫〟と呼んでいるところに隠していました。といっても本物の金庫ではなく、ただ錫のふたのついた古いストーヴの煙突だったのですが……。子供のころ、二人で何回その乱交シーンを読みかえしたかわかりません。ぼくらは長いあいだ、原稿を隠し持っていましたが、とうとう姉のアンジェラに見つかってしまいました。姉はそれを読み、不潔な、くだらない、屑みたいなものだと言って、紐といっしょに焼いてしまいました。姉は、フランクとぼくにとって母みたいなものです。なぜかというと、本当の母は、ぼくを産んで死んでしまったからです。

父はその本をついに読むことはありませんでした。これは断言できます。一生のうちに、一冊の小説、いや短篇小説一つ読んだかどうか怪しいものだと思います。少なくとも、子供時代を過ぎてからは……。手紙や雑誌、新聞さえ読みませんでした。技術関係の雑誌はたくさん読んでいたかもしれません。しかし正直なところ、父が何かを読んでいたところなど見たおぼえは、ぼくにはないのです。

ですから、父がその原稿から得たものは紐だけでした。父はいつもそんなふうでした。

つぎに何に興味を持つかは、誰にも予測できません。原爆が落ちた日、それは紐だったわけです。

　父がノーベル賞を受賞したときの講演を、どこかでお読みになったことがありますか？　これは、その全文です。〝みなさん。わたしが今こうして、あなたがたの前に立っているのは、春の朝、学校へ行く八つの子供みたいに、いつも道草ばかりくっていたからです。何でもいい、立ちどまってながめ、なぜだろうと考える。何であってもいい、そしてときにはそこから学ぶ。わたしはしあわせな人間です。ありがとう〟

　とにかく、父はすこしのあいだ紐の輪をながめていました。そのうち、指でいたずらをはじめ、できあがったのが〝猫のゆりかご〟（日本でいう「あやとり」）というものでした。父がどこでそんなものを覚えたのか、ぼくは知りません。たぶん父の父から教わったのでしょう。その人は洋服屋でしたので、父の子供のころには、手近にたくさんの糸や紐があったわけです。

　人が言うゲームというものにいちばん近いことをする父を見たのは、その猫のゆりかごが最初で最後でした。父は、他人がつくった手品やゲームやルールにはまるっきりついて行けない人でした。姉のアンジェラのスクラップ・ブックには、タイム誌からのこんな切り抜きが貼ってあります。誰かが父に、気晴らしにはどんなゲームをするかときいたのです。すると父は言いました、〝どうして人がでっちあげたゲームなんかしなけりゃならんのかね。世の中には、本物がいくらでもあるじゃないか〟

紐が猫のゆりかごになったとき、父は驚いたにちがいありません。それで自分の子供時代を思いだしたのでしょう。父はとつぜん書斎から出てくると、今までしたこともないようなことをしました。ぼくと遊ぼうとしたのです。それまで父は、一度もぼくと遊んでくれたことがないばかりか、話しかけたことさえありませんでした。

それが、そばへ来て、カーペットに膝をつき、歯を見せて、ぼくの鼻先でからまった紐をゆらゆらさせるのです。〝ほら！　ほら！　ほら！〟と父は言いました。〝猫のゆりかごだよ。わかるかな、猫のゆりかごが？　ここでかわいいニャンコがネンネするんだよ。にゃあ。にゃあ〟

父の毛穴は、月のクレーターみたいに大きく見えました。耳や鼻の穴には、もじゃもじゃの毛が生えていました。体には葉巻の煙がしみこんで、地獄の入口みたいなにおいがしていました。そんな近くでは、父は今まで見たどんなものにもまして醜悪でした。今でも目に見えるようです。

それから父はうたいました。〝眠れや、ニャンコ、木をゆりかーごに。風のまにまに、ゆりかーご揺れる。枝が折れたら、ゆりかーご落ちる。ゆりかーご、ニャンコ、みんな落ちる〟

ぼくは、わあっと泣きだしました。とびあがると、一目散に家から逃げだしました。ここで、一区切りしなければなりません。ルームメートが目をさまして、タイプの音がうるさいと苦情を言っています」

6 闘虫

翌朝、ニュートは手紙の続きをはじめた。彼はこう続けた。

「朝です。八時間の睡眠をとり、ひな菊みたいにすがすがしくなったところで先を続けましょう。いま友愛会館は非常にひっそりとしています。みんな授業に行って、ここにいるのは、ぼく一人です。ぼくには大きな特権があります。もう授業に出なくてもよいのです。先週、落第してしまったからです。ぼくは医学部予科生でした。学校側が、ぼくを落したのはよいことだったと思います。たぶん、ひどい医者になっていたでしょうから。

この手紙を終えたら、映画を見に行こうと思います。もし陽が出たら、峡谷の散歩に出かけるかもしれません。あの峡谷、美しいとは思いませんか？　今年、女子学生が二人、手をとりあって谷の一つに飛下り自殺をしました。お目あての女子学生友愛会《ソロリティ》にはいれなかったからです。希望は、トライ・デルタでした。

さて、一九四五年八月六日に戻って。姉のアンジェラが何回も話してくれたことですが、その日ぼくが父の猫のゆりかごを嫌い、歌も聞かずに逃げだしたことで、父はたいそう傷ついたのだそうです。たしかに、ぼくは父を傷つけたかもしれません。けれど、それもある程度にすぎないと思います。父ほど、守りの行きとどいた人も人類の歴史上少ないでしょう。誰が来ようと、父にはとりつくしまもありません。人間にはまるで興味のない人だったからです。父が死ぬ一年ほど前ですが、ぼくは、母について思い出はないかと父にききました。父は何も思いだせませんでした。

ノーベル賞を受けるために二人がスウェーデンへ発った日の、あの有名な朝食の話をご存じですか？　サタデイ・イヴニング・ポスト誌に紹介されています。母はご馳走をつくりました。終ってテーブルを片づけると、父のコーヒー・カップのわきに、二十五セント玉が一枚と、十セント玉が一枚、それに一セント玉が三枚あるのです。父は母にチップを与えたのでした。

父をひどく傷つけたあと、かりにそうだったとしての話ですが、ぼくは庭へとびだしました。どこを目ざすというのでもなく走っているうちに、大きなしもつけの茂みの下にいる、兄のフランクを見つけました。フランクはそのころ十二でした。そこにいる彼を見ても、ぼくは驚きませんでした。暑い日など、よくそこで休んでいたからです。犬みたいに、根のまわりの冷たい土に穴を掘るのです。フランクが何を持ってその茂みにはいるかは、予測がつきません。ワイセツな本であることもあります。料理用のシェリー酒のこともあります。原爆が落ちた日、フランクが持っていたのは、テーブルスプーンとメースン壜（食料貯蔵用の広口ガラス壜）でした。彼はスプーンで違った種類の虫をすくいあげ、壜に入れて闘わせていました。

　虫の喧嘩があまりおもしろかったので、ぼくはすぐさま泣きやみました――父のこともすっかり忘れてしまいました。その日、フランクが壜の中で何を闘わせていたかは覚えがありません。しかし、それからあとでやった組みあわせは覚えています。くわがたむし一ぴき対赤蟻百ぴき、むかで一ぴき対くも三びき、赤蟻対黒蟻です。壜をふらなければ、彼らは喧嘩をはじめません。そのときフランクはそれをしていたのです。つまり壜を何回も何回も振っていたのです。

　しばらくしてアンジェラがぼくを捜しに来ました。彼女は茂みのふちをあげて〝ほら、見つけた！〟と言いました。それからフランクに、何をしているのかとききました。

〝実験だよ〟と彼は答えました。何をしているのかと人にきかれると、フランクはいつもそう答えるのです。いつも〝実験だよ〟なのです。

アンジェラはそのとき二十二でした、十六のときから、つまり母が亡くなったとき、ぼくが生まれたときから、ずっと彼女はまぎれもないわが家の家長でした。ぼくとフランクと父のことを、わたしの三人の子供といつも言っていたのを思い出します。大げさに言っているのではありません。寒い朝など、フランクと父とぼくは玄関の廊下に一列に並びます。するとアンジェラは、三人ともおんなじように暖かい服でくるんでゆくのです。ただ、ぼくは幼稚園へ、フランクはジュニア・ハイスクールへ、父は原子爆弾を作りに行くのでしたが……。そんなある朝、石油ストーブがこわれ、水道管が凍り、車のエンジンがかからなくなったことがありました。アンジェラがスターターを押しているあいだ、ぼくらは車の中で神妙に待っていたのですが、そのうちにバッテリーがつきてしまいました。すると父が口をひらきました。何と言ったと思います？　こう言ったのです、〝亀は変だな〟〝亀のどこが変なの？〟とアンジェラはききました。父は答えました、〝亀は、頭をひっこめるとき、背骨を曲げるのかな、縮めるのかな？〟

ついでに書いておけば、アンジェラは、原子爆弾誕生のかげにいたヒロインの一人とも言えるでしょう。このような話は、まだ誰の耳にもはいっていないと思います。あなたの本に使えるかもしれません。亀の一件のあと、父は亀に熱中するあまり原子爆弾のことを忘れてしまいました。とうとうマンハッタン計画の人たちがやってきて、どうしたものかとアンジェラにたずねました。父の亀をとりあげてしまえばいい、とアンジェラは忠告しました。言葉どおり、彼らは夜、父の実験室へ忍びこみ、亀と水槽を盗みだしました。父は亀の消失については何も言いませんでした。翌日、父は仕事部屋にはいり、何か遊ぶもの考えるものを捜しはじめました。もうそのときには、遊ぶもの考えるものは原爆関係のもの以外にありませんでしたから、何の問題もなかったわけです。

　アンジェラは茂みからぼくを引っぱりだすと、父とのあいだに何があったかたずねました。ぼくはただ、父がどんなに醜怪か、どんなに嫌いかをくりかえすだけでした。彼女はぼくを平手打ちしました。〝どうして、おとうさまにそんなことが言えるの？〟とアンジェラは言いました。〝おとうさまは今までにないくらい偉い人なのよ！　おとうさまはきょう戦争に勝ったの！　それがわかる？　戦争に勝ったのよ！〟そしてまた、ぼくを平手打ちしました。

　べつに叩かれたことで、アンジェラをうらんではいません。彼女には父しかいなかったのですから。ボーイ・フレンドなんか一人もいません。友だちだっていませんでした。趣味は一つ、クラリネットを吹くことだけでした。

それでもまだ、父が嫌いだという説を曲げないので、彼女はまたぼくを叩きました。そのときフランクが茂みから出てきて、彼女のみぞおちに拳固をくらわせました。それはひどくこたえたようでした。アンジェラは倒れ、地面をのたうちまわりました。やっと息がつげるようになると、泣いて父を呼びました。

〝来るもんか〟フランクはいい、姉を笑いました。フランクのいうとおりでした。父は窓から首を出すと、わめきながら地面をころげまわっているアンジェラとぼく、笑いながらそれを見おろしているフランクをながめました。けれど、すぐ首はひっこみ、それっきり。あとになっても父は何の騒ぎだったか聞きもしませんでした。人間は、父の専門ではなかったからです。

これでいいでしょうか？　これで少しはあなたの本のお役に立つでしょうか？　もちろん、あなたのおっしゃったとおり、原爆が落ちた日のことだけに話をしぼりました。原爆と父については、ほかの日にも、おもしろい逸話がたくさんあります。たとえば、最初の原爆実験がアラモゴードで行なわれた日の話をご存じですか？　実験が済んで、アメリカがたった一個で都市を消滅させる爆弾を保有したことがはっきりすると、一人の科学者が父のほうをふりかえって言いました、〝今や科学は罪を知った〟父がどういう返事をしたかわかりますか？　こう言ったのです、〝罪とは何だ？〟

心から
ニュートン・ハニカー」

7 高名な一家

ニュートはつぎの三つの追伸を手紙に書きそえていた。

「追伸。末尾に〝友愛をこめて〟と書くことはできません。成績に問題があって、あなたの後輩にしてはもらえないからです。ぼくは仮入会員にすぎず、その肩書きすら連中はぼくから取りあげようとしています。

追追伸。あなたは、ぼくら一家のことを〝高名な〟と書いておられますが、本で同じことを書く場合、それは不適当かと思います。理由を申しますと、たとえばぼくはこびとなのです――四フィートしかありません。またフランクについて最後に耳にはいったところでは、彼は軍放出のＬＳＴ（戦車揚陸船）に盗難車を積んでキューバに密輸出したかどで、フロリダ警察とＦＢＩと財務省から追われていました。そんなわけで〝高名な〟ではないと思うしだいです。〝魅力ある〟が真実に近いといえるでしょう。

追追追伸。二十四時間たちました。この手紙を読み直したところなのですが、人から誤解されそうな気もします。ぼくが、ただじっと一つところにすわって昔の悲しいことを思い出し、自分を憐れんでいるような男に見えますか？　じつを言いますと、ぼくは非常に幸運な男です。ちかぢか、すばらしいこびとの娘と結婚する予定です。目をひらいて見さえすれば、世の中にはみんなに行きわたるだけの愛はたっぷりあるのですね。ぼくがその証拠です」

8　ズィンカとの一件

ガール・フレンドがどんな女性か、ニュートは何もふれていなかった。しかし彼の手紙がとどいて二週間後には、ガール・フレンドの名は国中に知れわたっていた。彼女の名は、ズィンカ——ただのズィンカ。ラスト・ネームはないらしかった。

ズィンカはウクライナ人のこびとで、ボルゾイ舞踊団のダンサーだった。ニュートはコーネルに行くまえ、たまたまインディアナポリスで舞踊団の公演を見た。つぎに一行はコーネルを訪れた。そして、コーネル公演が終ったとき、ステージ・ドアのまえには、長い茎のアメリカン・ビューティ・ローズを一ダースかかえたニュートが待っていたというわけである。

こびとのズィンカが合衆国に政治保護を求めたとき、この物語ははじめて新聞ダネになった。直後に、彼女とニュートは姿を消した。

一週間後、ズィンカはソ連大使館に出頭した。アメリカ人は実利主義にかたよりすぎている、国に帰りたい、彼女はそう語った。

ニュートは、インディアナポリスの姉の家に隠れていた。記者団に対しては、短いステートメントを発表しただけだった。「これは、私事《わたくしごと》です。たんなる恋愛事件です。ぼくは後悔してはいません。何が起ころうと、それはぼくとズィンカとのことで、みなさんには関係ありません」

モスクワ駐在の、目はしのきくアメリカ人記者が、ズィンカについて舞踊関係者たちにきいてまわり、あまり外聞のよくない発見をした。ズィンカは自分で言った年齢、つまり、まだたった二十三歳、ではなかった。

彼女は四十二歳——ニュートの母親ほども年をとっていたのである。

9 火山担当副社長

わたしは原爆の日の本をだらだらと書きつづけた。

一年ほどして、それはクリスマスの二日前のことだったが、わたしは別の取材旅行でニューヨーク州イリアムを通ることになった。フィーリクス・ハニカー博士がその業績のほとんどを成しとげた地、赤んぼうのニュートや、フランク、アンジェラが、その成長期を過した地である。

わたしはイリアムで途中下車し、きいてまわることにした。

イリアムには、存命するハニカー家の人びとは一人もいなかった。しかし、父親と三人の変った子供たちをよく知っているという人びとは、たくさんいた。

わたしは、ジェネラル金属の研究所担当副社長、エイサ・ブリード博士と会う約束をとった。このブリード博士も、わたしの〈カラース〉のメンバーといえるだろう。もっとも博士のほうでは、会うとすぐわたしが嫌いになったようだが。

「好き嫌いは、それには何の関わりもない」とボコノンは言う――忘れやすい戒めである。

「ハニカー博士の在職中、ずっと博士の上役でいらっしゃったそうですが」電話で、わたしはブリード博士に言った。

「書類のうえでは、ですがね」

「とおっしゃいますと？」

「わたしが本当にフィーリクスの上役だったのなら、今ごろは、鳥やレミングの移動とか、潮汐とか、火山の担当をしていますね。あの男はいわば自然力のかたまりで、人間ふぜいに制御できるものではないです」

10　間諜Ｘ９号

ブリード博士は、翌朝早くを面会時間に指定した。出勤の途中で、ホテルにいるわたしを拾えば、警戒厳重な研究所へも楽にはいれる。そう言った。

わたしはイリアムで夜をつぶすことになった。さいわい泊ったのは、イリアムのナイト・ライフが始まって終るところ、デル・プラード・ホテル。そこのバー、ケープ・コッド・ルームは娼婦のたまり場だった。

バーでは、となりに来た娼婦と、酒をついでくれたバーテンダーがたまたま――〝定められていたとおり〟とボコノンなら言うところである――あの虫のいじめっ子、三人のうちのまん中、行方不明の兄にあたるフランクリン・ハニカーとハイスクール時代の同級生であることがわかった。

サンドラと名乗るその娼婦は、ピガール広場やポート・サイド以外ではまず味わえない楽しみがあるのだが、と話をもちかけてきた。興味がないと答えると利口な娘で、本当は自分も興味がないのだと打ち明けた。時がたつうち、わたしたちはたがいの気のなさを、大幅にではないけれど過大評価していたことに気づいた。

しかし二人の情熱を秤にかけるまえに、わたしたちは話をした。フランク・ハニカーのこと、その父親のこと、エイサ・ブリードのことも少々、そしてジェネラル金属のこと、ローマ法王と産児制限のこと、ヒトラーとユダヤ人のこと。わたしたちはにせ物について話した。真実について話した。ギャングのことを話し、仕事のことを話した。電気椅子送りになった、人のいい、かわいそうな人たちのことを話し、そんなふうにならない金持のひとでなしのことを話した。堕落した行為にふける信心家たちのことを話した。いろんなことを話した。

わたしたちは酔っぱらった。

バーテンダーはサンドラに親切だった。彼女が好きなのだった。尊敬しているのだった。彼の話によれば、サンドラはイリアム・ハイスクールではクラス・カラー委員会の委員長だったという。二年生になると、どのクラスも独自の色をきめ、クラス全体が誇りをもってその色を着けなければいけないのだ、バーテンダーはそう説明してくれた。

「きみはどんな色にしたの？」と、わたしはきいた。

「オレンジと黒よ」

「どっちもいい色だな」

「そう思ったの」

「フランクリン・ハニカーは、クラス・カラー委員会というのにいたのかい？」

「あの人はなにとも関係なかったわ」サンドラは軽蔑をあらわにした。「どの委員会にもはいらないし、どんな遊びもしないし、だれともデートしないの。女の子と話したことなんかないんじゃないかしら。間諜Ｘ９号って、あたしたち呼んでたわ（三〇年代のコミックのヒーロー）」

「Ｘ９号？」

「だって、そうじゃない――いつも秘密の場所から秘密の場所へ行く途中みたいに見えるんですもの。人と話なんかできるわけないわ」

「もしかしたら、ほんとに充実した秘密の生活をしてたのかもしれないぜ」

「まさか」

「ばかばかしい」バーテンダーはせせら笑った。「ふつうの子供でしたよ。模型飛行機を作ったり、しょっちゅうマスかいたりしてるような」

11 蛋白質

「あの人、卒業式のときスピーチする予定だったの」とサンドラが言った。

「誰が？」と、わたしはきいた。

「ハニカー博士——親父さんよ」

「なんて言った？」

「それが来なかったのよ」

「じゃ、スピーチなしかい？」

「ううん、あることはあったわ。あした、あなたの会うブリード博士がね、もう息がとまりそうみたいにとんで来て、すこし話をしたわ」

「なんて言った？」

「たくさんの人が科学にたずさわってほしい、って言ったわ」サンドラはこっけいだとも思っていないようだった。むかし聞いて感動した教えを思いだそうとしていた。義理がたく、手探りするように、彼女は復誦した。「こう言ったわ、この世界が不幸なのは……」

そこで言葉を切り、考えていた。

「この世界が不幸なのは」彼女はためらいがちに続けた。「人びとが未だに迷信にこだわり、科学的であろうとしないからです。それからこう言ったわ、もしみんなが科学をもっと勉強すれば、世界から不幸はなくなるでしょう」

「科学はそのうち生命の究極の秘密を解き明かすだろうって言ってたな」バーテンダーが割りこんだ。彼は頭を掻いて、眉根を寄せた。「このあいだ新聞で読んだと思ったけどな、それがとうとう見つかったって」

「それは読みそこなった」わたしは小声で言った。

「見た見た」とサンドラ。「二日ぐらい前よ」

「そうだ」とバーテンダー。

「生命の秘密とは何だい?」と、わたしはきいた。

「忘れちゃった」

「蛋白質だよ」バーテンダーが断言した。「蛋白質の何かを発見したんだ」

「ああ、それだわ」とサンドラは言った、「それ」

12　エンド・オブ・ザ・ワールド・ディライト

デル・プラードのケープ・コッド・ルームで話しこんでいるところへ、年配のバーテンダーが現われた。原爆の日のことを本に書くのだと言うと、バーテンダーは、その日彼が何をしていたか、その日わたしたちのいるこのバーがどうであったかを話してくれた。彼の声は、W・C・フィールズばりの鼻声で（フィールズは、三〇年代から四〇年代にかけてアメリカ映画界で活躍したコメディアン）、鼻は品評会特選のいちごのようだった。

「そのころはケープ・コッド・ルームじゃなかった。こんなろくでもない網や貝殻なんかもなかったもんだ。ナヴァホ・ティピーといってた。インディアンの毛布や牛の頭の骨が壁にかかってたもんだ。テーブルには、ちいさな太鼓《タムタム》がある。用があるときは、タムタムを叩くのさ。客はおれに戦争の羽飾りをつけさせたがったが、それだけはご免こうむったね。本物のナヴァホ族がある日やってきた。それで言うんだ、ナヴァホは円錐《ティ》テント《ピー》なんかに住んじゃいないとな。〃かわいそうに〃と言ってやったよ。その前はポンペイ・ルームという名で、こなごなの漆喰がいっぱいちらかってたものさ。だがな、名前がどう変ったって、ここの照明のろくでもない造作だけは変りゃしないんだ。来る客だって、おもてにあるろくでもない町だって変りゃしない。連中が、ハニカーのろくでもない爆弾を日本におっことした日にゃ、酔っぱらいが酒をタダ飲みしようとやってきたよ。もう世界はおしまいだ、だから何かくれと言うんだ。しようがない、エンド・オブ・ザ・ワールド・ディライトをつくってやったよ。芯をくりぬいたパイナップルに薄荷入り白リキュール《クレーム・ド・マント》を半パイント入れて、その上にホイップ・クリーム、てっぺんにチェリーをのせるんだ。言ってやったね、おれは。〃ほら、飲め、ぼけなす。おれをケチだなんてどっかでヌカしやがったら、ただじゃおかんぞ〃ってね。そのあと、またひとり、客が来た。それが、研究所をやめてきたと言うんだな。学者がこねまわすものなんか、どうせ兵器になるのがオチだから、政治家どもが勝手に戦争すりゃいいんで手なんか貸してやるもんか、そう言うんだ。名前がブリードだというから、あのろくでもない研究所のボスと関係でもあるのかときいたんだ。大ありだと言ったね。そこのボスのろくでもない倅だったんだ」

13 地の果てより発つ

おお、神よ、何と醜いのだろう、イリアムという都市は！

ボコノンは言う、「おお、神よ、何と醜いのだろう、ありとあらゆる都市が！」

街にたれこめるスモッグのブランケットを通して、みぞれが降っていた。時刻は早朝。わたしはエイサ・ブリード博士のセダンのリンカーンに乗っていた。ゆうべの酔いがまださめきっていず、気分はあまりよくない。ハンドルを握るのはブリード博士。廃止されて久しい市街電車の線路に、絶えずタイヤがとられた。

ブリード博士は、金まわりのよさそうな、よいきこなしのあから顔の老人だった。その物腰には、気品と呑気さと有能さと落着きがうかがわれた。それに反してわたしのほうは、気分がすぐれず、不機嫌でシニカルになっていた。ゆうべはサンドラと一夜をすごしたのだ。

わたしの心は、猫の毛を燃やした煙みたいによごれきっていた。

わたしは、だれもかれもの最低のことを考えた。エイサ・ブリード博士についても、ゆうべサンドラから聞いて、あまりかんばしくない噂を知っていた。

ブリード博士がフィーリクス・ハニカー夫人と相愛の仲であったことを、このイリアムで知らないものはないという。ハニカー家の三人の子の父はブリードだと、たいていの人が思っているという。

「きみはイリアムを少しは知っているのかね？」ブリード博士がふいにきいた。

「これがはじめてです」

「ここは家族的な町だよ」

「というと？」

「夜の生活があまりないんだ。家族、家庭が中心でね」

「健全ですな」

「そう。少年犯罪もほとんどない」

「いいことです」

「イリアムには、おもしろい歴史があるんだよ」

「そうですか」

「むかし、ここは門出の地《ジャンピングオフ・プレース》（地の果てという意味もある）だったんだ」

「は？」

「西部への移住のさ」

「ほう」

「ここでみんな用意を整えたんだ」

「そうですか」

「研究所が今あるあたりに、古い刑務所があった。この郡の犯罪人の公開処刑をやったのも、そこだよ」

「そのころも犯罪はわりに合わなかったわけですね」

「一七八二年にここで首つりになった男は、二十六人も人を殺している。彼のことを誰かが本にすべきだとよく思うんだが。ジョージ・マイナー・モークリーという男だ。絞首台で歌をうたった。即席でつくったんだ」

「どんな歌ですか？」

「歴史協会へ行けば歌詞があるよ、本当に興味があるんなら」

「いや、どんなふうな歌かと思って」

「後悔している調子じゃないね」

「そういう人間もいますよ」

「考えてみたまえ！」とブリード博士は言った。「後悔するにしても、二十六人だ！」

「良心だってきりきり舞いする」と、わたしは言った。

14 自動車にカットグラスの花瓶があったころ

しこった首の上で宿酔《ふつかよ》いの重い頭がぐらついた。博士のぴかぴかのリンカーンのタイヤが、また電車の線路でスリップしたのだ。

朝八時までにジェネラル金属の門をめざす人たちは何人ぐらいいるのか、とわたしはきいた。三万人だ、とブリード博士はこたえた。

どの交叉点にも、黄色のレインコートを着た巡査がいて、白い手袋をはめた両手を振っては、交通信号に逆らいつづけている。

みぞれの中のけばけばしい幽霊といった感じの信号機は、なおとんちんかんな点滅をやめず、自動車の氷河にむかって動きを指図している。緑は進め。赤は止まれ。オレンジは信号チェンジ、注意。

ブリード博士が話しだした。ハニカー博士は若いころ、イリアムの朝の交通ラッシュのどまん中で車を乗り捨てたことがあるという。

「警官がね、なんでこう車が動かんのか調べに行ったんだ。そうしたら、フィーリクスの車がどまんなかでがんばってる。エンジンはかけっぱなし、灰皿のタバコは吸いかけのまま、花瓶の花はさしたばかり……」

「花瓶？」

「マーモン（三〇年代の最高級車）なんだ、入れ換え用機関車くらいもある。両側のセンター・ピラーに小さなカットグラスの花瓶が一つずつついていて、フィーリクスの細君は毎朝それに新しい花をさしていた。その車が、どまん中にあるんだよ」

「マリー・セレスト号式ですな」

「警察がやっと運びだした。誰の車かわかってるから、すぐフィーリクスを呼んで車のおいてある場所を丁重に教えた。ところがフィーリクスは、そちらで持っていてくれ、もういらないと言うんだ」

「で、そのままですか？」

「いや。細君が呼ばれて、マーモンを引きとったよ」

「ところで、ハニカー夫人の名は何といいましたっけ？」

「エミリーだ」ブリード博士は唇をなめ、遠くはるかを見つめると、その女の名を――死んで久しい女の名を、もう一度言った。「エミリーだ」

「本にそのマーモンのことを書いて、どなたにもさしつかえありませんか？」

「結末さえ書かなければね」

「結末？」

「エミリーはマーモンの運転にまだ慣れていなかったんだ。途中でぶつけてしまった。そのとき、骨盤がどうかしたんだろう……」車の流れはちょうど止まっていた。ブリード博士は目をとじ、ハンドルを強く握りしめた。

「ニュートが生まれるとすぐ死んだのは、そのせいなんだ」

15　メリー・クリスマス

ジェネラル金属の研究所は、同社イリアム工場の正門近く、ブリード博士が車を入れた幹部役員《エグゼクティヴ》駐車場から一ブロックほどのところにあった。

研究所には何人くらいいるのか、とわたしはきいた。「七百人」とブリード博士はこたえた。「だが、研究にじっさいたずさわっているのは、百人足らずだよ。あとの六百人は、みんな何とかかんとか名前のついた管理人で、わたしが管理人の親玉というわけだ」

社内道路を流れる人類の本流に加わったとき、うしろにいた女性が、ブリード博士にクリスマスの挨拶をした。博士はふりかえり、柔和な眼差しで青白いパイの海を捜すと、いまの声の主、ミス・フランシーン・ペフコという女性を見つけだした。ミス・ペフコは二十、健康そうで、どこか間の抜けた感じのかわいい女――つまり退屈な正常人。

めでたいクリスマスの季節だからと、ブリード博士はミス・ペフコを話の仲間に招き入れた。わたしには、ニルサク・ホーヴァース博士の秘書と紹介し、さらにホーヴァースという人物を説明した。「有名な界面化学者だ。薄膜の分野ですばらしい仕事をしている」

「どうですか、界面化学の最近の進歩は？」わたしはミス・ペフコにきいた。

「いやだ《ゴッド》」と彼女は言った。「よして。あたしはただタイプせよと言われたことをタイプしてるだけですわ」そして、〝神《ゴッド》〟といったことを詫びた。

「いや、きみは自分が思っている以上に理解していると思うよ」ブリード博士が言った。

「とんでもない」ミス・ペフコは、ブリード博士みたいな重要人物と話すことに慣れていないらしく、恐縮している。それにつれて、歩きかたまでニワトリのようにぎこちなくなった。顔には、うわの空の微笑がうかんでいる。何か言わんとして心の中をひっかきまわしているのだが、使い古しのクリネックスと模造宝石しかないといった表情。

「ところで……」ブリード博士は打ちとけた低い声で言った。「どう思うね、わたしたち科学者を？　今までいっしょに仕事してきて、もう——どれくらいになるかな？　そろそろ一年だろう？」

「科学者って考えすぎるみたい」ふいにミス・ペフコが言った。彼女は白痴的な笑いかたをした。ブリード博士のなれなれしさが、彼女の神経系のヒューズをみんなとばしてしまったのだ。今やまったく無責任だった。「みんな考えすぎだわ」

わたしたちのかたわらを、人生に疲れ果てたような太った女が、よごれたつなぎ服を着、足をひきずりながらあえぎあえぎ歩いていて、ミス・ペフコの言葉を聞いていた。女はブリード博士をふりかえると、なさけ容赦ない叱責の眼で見つめた。やたらに物を考える人間を憎んでいるのだ。その瞬間、わたしには、その女が人類ほとんどすべての恰好の見本であるように思われた。

人がこれ以上考えるなら、今この場で発狂してやる。太った女の表情はそう語っていた。

「そのうちわかるだろうが」とブリード博士が言った。「考える量というのは、みんな同じさ。科学者はある一つの方向に考える。ほかの人たちは、それぞれ違う方向に考えるんだ」

「エッ」ミス・ペフコは喉の奥で意味のない声を漏らした。「あたし、ホーヴァース先生のおっしゃることをタイプするんですけど、まるで外国語みたい。あんなもの、あたしにわかるかしら――カレッジへ行ったとしても。もしかしたら、いまタイプしていることが、原爆みたいに世界中のものをひっくり返し、裏返してしまうかもしれないのに。学校へ行ってたころ、帰ってくると、どうだったと母がきくんです。だから話してあげてたんです。今でも仕事から帰ってくると、母は同じことをきくんですけど、あたしはただ――」ミス・ペフコは首をふり、赤い唇をぱくぱくとやった。「知らない知らない知らない、の一点ばり」

「わからないことがあれば、ホーヴァース先生にきくといいよ」とブリード博士。「じょうずに説明してくれる」彼はわたしをふりかえった。「ハニカーがよく言ってたことだがね、自分の仕事を八つの子供にわかるように説明できない科学者は山師だとさ」

「じゃ、あたしなんか八つの子供より馬鹿だわ」ミス・ペフコは悲しげに言った。「山師の意味さえわからないんですもの」

16 幼稚園へ帰れ

わたしたちは花崗岩の石段を四つあがり、研究所にはいった。ビルそのものは、飾り気のない六階だての煉瓦づくり。入口では、重装備の警備員二人のあいだを通った。ミス・ペフコは左側の警備員に、左胸のとっ先にとめたピンクの〈秘〉のバッジを見せた。

ブリード博士は右側の警備員に、折り襟にとめた黒い〈機密〉バッジを見せた。そして儀式ばった仕草で、わたしの身体に直接は触れずに腕をまわすと、このわたしが博士のおそれ多い庇護と支配の下にあることを、警備員たちに示した。

わたしは警備員の一人にほほえみかけた。ほほえみは返ってこなかった。国家機密保持に愉快なことは何もない、あるはずがないのだ。

ブリード博士、ミス・ペフコ、わたしの三人は、研究所の玄関口の大広間を考えぶかげにエレベーターまで進んだ。

「いつか何かホーヴァース先生にきいてごらん」博士がミス・ペフコに言った。「きっと良くわかる答えをしてくれるから」

「一年生から始めなければいけないと思いますわ——それとも幼稚園かしら。みんな忘れてしまったんですもの」

「それは、だれでもそうだよ」ブリード博士はうなずいた。「みんな最初からやり直したほうがいいんだ。できれば幼稚園からね」

研究所の受付係が、広間の壁にならぶ教育用展示物に明りをつけていた。受付係は背の高い、やせた娘だった――氷のように青白く冷たい感じ。てきぱきした手の動きにつれて、明りがきらめき、車がまわり、フラスコが泡だち、ベルが鳴ってゆく。

「魔法だわ」とミス・ペフコが言った。

「この研究所の大家族のなかに、そういう不快な中世的な言葉を使う人がいたとは残念だね」とブリード博士が言った。「どの展示だって、見たとおりのものだよ。わからなくなることがないように、設計してあるんだから。魔法のアンチテーゼそのものじゃないか」

「魔法のなにそのものですか？」

「魔法の正反対だ」

「あたしにわかるはずがないですわ」

これには、ブリード博士もややこたえたようだった。「しかしね、わざわざわからなくする気は、少なくともないよ。それくらい認めてほしいね」

17　ガール・プール

ブリード博士の秘書は、秘書室のデスクにあがって、蛇腹ひだのクリスマス・ベルを天井に飾りつけていた。

「気をつけて、ネオミ」博士がどなった。「六カ月、大事故なしで通ってきたんだぞ！　せっかくの記録を、デスクから落ちてだいなしにしたいのかね！」

ミス・ネオミ・フォーストは、陽気な、ひからびた老女だった。ブリード博士のもとで博士のほとんど生涯を通じて、これはまた彼女自身についてもいえるが、働いてきたのだろう。ミス・フォーストは笑った。「不死身ですわよ、わたしは。落ちたとしても、クリスマスの天使が受けとめてくれますから」

「手許が狂うときもあるそうだよ」

同じような蛇腹ひだの紙テープが二本、ベルの舌から吊りさがっている。ミス・フォーストはその一本を引いた。テープはぽろぽろとほどけて、メッセージの書いてある長い旗となった。ミス・フォーストは、端を博士にわたした。「これ、ずっと引っぱって掲示板にとめてください」

博士は言われたとおりにテープをとめ、うしろにさがって旗の文字を読んだ。「地には平和を！」心のこもった大きな声だった。

ミス・フォーストがもう一本を手にデスクからおり、それをほどいた。「人には恵みを！」文字はそうあった。

「なんとね」博士は含み笑いした。「よくもクリスマスを濃縮したものじゃないか！　はなやかだよ、本当にはなやかだ」

「ガール・プール用の板チョコのことも、ちゃんと覚えてましてよ。わたしを秘書にしてよかったと思いません？」

ブリード博士は自分のうっかりさかげんに慌てた様子で、ひたいを叩いた。「そうだったね！　すっかり忘れていた」

「忘れては大変ですわ。伝統じゃありませんか、もう——ブリード博士のクリスマスは、ガール・プール用チョコレート」ガール・プールとは、研究所の地下にあるタイピストだまり《プール》だ、とミス・フォーストは説明してくれた。「ディクタフォンを使う人は、みんなそこのご厄介になるんですのよ」

ガール・プールの女性たちは、配達係の女の子の持ってくるディクタフォン・レコードをかけては、一年中、科学者たちの姿なき声に耳を傾けている。それが、年に一度、セメント・ブロックの隠れがを出てキャロルをうたってまわり、エイサ・ブリード博士から板チョコをせしめてゆくのだ。
「その娘《こ》らだって科学に奉仕しているんだ、一語もわからなくても」と博士は言った。「みんなに神のみ恵みのあらんことを！」

18　地上でもっとも高価な日用品

所長室にはいると、わたしは気のきいたインタビューにそなえて考えをまとめようとした。そこで気づいたのは、わたしの精神の健康がいっこうに回復していないことだった。ブリード博士に原爆の日の質問をはじめてみて、頭脳のPR中枢が、アルコールと燃える猫の毛で気息奄々の状態にあることを知った。とにかく、する質問する質問がみんな、原爆の発明者すなわち極悪非道な殺人の従犯者だというふうに受けとれるのである。

ブリード博士は呆れた顔をしていたが、やがてかんかんにおこりだした。博士は態度をかたくすると、ぶつぶつと言った。「きみは科学者がたいそう嫌いのようだね」

「そうは言ってません」

「きみの質問だと、科学者はまるで、人類の運命になんぞ無関心な、人情も良心もない狭量なおろか者か、わるくすりゃ人間じゃないみたいじゃないか。わたしにそれを認めさせようとかかっている」

「それは言いすぎです」

「きみが本に書くことと比べれば、言いすぎなもんか。フィーリクス・ハニカーの公正かつ客観的な伝記を書いてくれるものと、わたしは思ったんだ——それなら、この時代にあって若い作家が心血を注ぐに足る仕事だよ。ところが、とんでもない。やってきたきみは、われわれを気ちがい科学者という偏見でしか見ていない。どこでそんな考えを仕入れたんだ？　新聞のコミック・ページか？」

「ハニカー博士のご子息です、出所の一つは」

「上のほうか、下のほうか？」

「ニュートンですが」ちょうど、こびとのニュートの手紙を持っていたので、わたしはそれを見せた。「ところで、ニュートはどれくらいの背丈なんですか？」

「傘立てとさほど変らんよ」ブリード博士は眉根を寄せてニュートの手紙を読んだ。

「ほかの二人はノーマルですか？」

「もちろんだ！　きみを失望させたくはないがね、科学者だって、子供はそこいらの子供と同じさ」

ブリード博士をなだめようと、わたしは最善を尽した。わたしの興味が、ハニカー博士のありのままの肖像にしかないことを納得させねばならないのだ。「ハニカー博士について、あなたのおっしゃるとおりを曲げずに書くのがわたしの目的で、ほかの目的はありません。ニュートの手紙はほんの手始めで、これからお聞きする話と総合してバランスをとるわけです」

「科学者や科学者の仕事を誤解する人間にはうんざりしている」

「誤解をとくために最善を尽します」

「だいたいこの国では、純粋の研究というものを理解している人間が少ないね」

「ご説明ねがえませんか」

「これはねえ、シガレット・フィルターを改良するとか、ティッシュ・ペーパーをもっと柔かくするとか、ペンキをもっと長持ちさせるとかいうことじゃないんだ。みんな研究研究というが、やってる人間は、この国にはまずいない。その点、ここは純粋研究にたずさわる科学者を本当に雇う数少ない会社の一つだよ。ほかのたいていの会社でも研究だなどとうそぶいてるが、どうせ白服のやくざ技術者が、ハンドブックを見ながら、来年のオールズモビルの改良型ウィンドウ・ワイパーをこしらえてるくらいのものだ」

「ここでは……？」

「ここと、この国では驚いたことだが、あとたった二、三カ所だな、知識を増やすことに、少なくともその状態をめざすことに、金が支払われているのは」

「寛大ですね、ジェネラル金属は」

「寛大とかそういうことじゃないんだ。新しい知識は、地上でもっとも高価な日用品だよ。関わり知る真実が増えるほど、われわれは豊かになる」

当時ボコノン教徒だったなら、その言葉にわたしは咆哮しただろう。

19 ノーモアぬかるみ

「とすると」と、わたしはブリード博士にきいた。「この研究所では、誰も、何をやれとか言われないのですか？　何をやったらいいとか口出しする人もない？」

「口出しはしょっちゅうあるさ。だが純粋の研究にたずさわる人間は、そんなものに耳を貸しはせんよ。頭の中は自分の計画でいっぱいだからね。そうあってほしいと、こちらも思っている」

「ハニカー博士に計画がもちこまれたことはありましたか？」

「あったさ。元帥や将官がよく持ちこんだね。フィーリクスを魔術師あつかいだ。杖の一振りでアメリカを無敵国家にさせられるような気でいる。ありとあらゆる気ちがいじみたアイデアを持ちこんできたよ――今でもそうだがね。そういった案で、一つ具合の悪いところは、現在のわれわれの知識ではどうにもならんことだ。ハニカー級の科学者なら、そんな小さなギャップは埋めてくれると考えたんだろう。フィーリクスが死ぬすこし前だが、海兵隊の将軍が来て、泥をなんとかしてくれとせっついてたよ」

「泥？」

「さしもの海兵隊も、二百年近くぬかるみと悪戦苦闘してとうとううんざりしたんだな。海兵隊が進歩するとすれば、その進歩の一つは、泥と闘う必要がなくなることだ。彼らの代弁者たる将軍は、それを痛感した」

「何を考えたんでしょう？」

「ぬかるみがなくなることだよ。ノーモアぬかるみだ」

「なにか化学薬品を山ほどつかうか、機械を何トンももちこめば、あるいは可能かも……」

「将軍が考えたのは、小さな丸薬か小さな機械なんだ。海兵隊は泥にもうんざりしていたが、かさばる物体を持ち運ぶのにもうんざりしていた。気分転換のために、小さなものをほしがったわけだ」

「で、ハニカー博士は？」

「遊び半分の調子で、いや、それを言うならあいつは何でも遊び半分なんだが、こんなことを言ったよ。もしかすると、たった一つの粒で——ほんの顕微鏡的な粒で——無限に広い湿地や、泥沼や、川や、水たまり、汚物だまり、流砂、ぬかるみなんかを、このデスクみたいにかたくできるかもしれないと」

ブリード博士は、老いてしみのういた拳でデスクをドンと叩いた。腎臓のかたちをした海緑色のスチール・デスクである。「エヴァグレーズ（フロリダ州南部の大沼沢地）に完全装備の師団がはまりこんでも、救出にむかう海兵隊員は一人ですむ。フィーリクスの言いかたをすれば、救出に充分な量を、小指の爪のあいだにはさんで行けるんだそうだ」

「そんなばかな」

「そう言うだろう。わたしだって言う——まず誰だって言う。ところが遊び半分のフィーリクスにかかると、これがまったく可能になる。フィーリクスの奇蹟はだ——これはどうしても、きみの本のどこかに入れてほしいんだが——その奇蹟は、フィーリクスが昔からあるパズルにでも、できたてのものと同じように取り組んだということだよ」

「フランシーン・ペフコの心境になってきました、ガール・プールの人たちの心境に。爪のあいだにはさまるくらいの量で、沼地がこのデスクみたいになるなんて。ハニカー博士でも、わたしに説明するのは無理なんじゃないかな」

「さっき話しただろう、フィーリクスが説明の名人だったことは……」

「それにしても……」

「わたしに説明してくれたが、わかったよ。だから、きみにも説明できると思う。問題は、海兵隊をぬかるみから出すことだ——そうだろう？」

「そうです」

「よし、気をつけて聞きたまえよ。説明しよう」

20　アイス・ナイン

「ある種の液体には」とブリード博士は言った。「その結晶のしかた——凍りかたに——いく通りかのかたちがある。いく通りかのかたちで、分子は秩序正しくがっしりと積みあがり、組みあわさる」

しみのういた手をした老科学者は、郡役所前の芝生に砲丸がいろんなふうに積んであるところか、オレンジが木箱の中にいろんなふうにつまるところを考えたらよい、とすすめた。

「結晶中の分子でも、これは同じことなんだ。さて、同じ物質からできた二つの違う結晶では、その物理的性質も大きく違うことがある」

博士は、酒石酸エチレンジアミンの巨大結晶を作っていた工場の話をした。何かの製造にその結晶が役に立つのだという。ところがある日、作業員たちはその結晶に、工場側が望んでいた性質が失われているのに気づいた。分子が違ったかたちに積みあがり、組みあわさりはじめているのである。結晶化の起こっている液体に変化はない。だが、できてくる結晶は、こと産業面への応用に関するかぎり役立たずなのだ。

どうしてこんなことになったのか、原因はわからない。だが理論上の犯人は明らかで、ブリード博士はそれを〝種《たね》〟と呼んだ。つまり好ましくない結晶パターンの微粒子である。その種が、神のみぞ知るところからはいりこみ、分子に新式の組みあわさりかた、結晶のしかた、凍りかたを教えたわけだ。

「さてもう一度、郡役所前の芝生にある砲丸か、木箱のなかのオレンジを考えてごらん」博士はいい、砲丸やオレンジの最下層の配列が、上にのる各層の組みあわせを決定してしまうという事実を、わたしにもわかるように説明した。「いちばん下の層が、上の砲丸やオレンジのありかたをきめる種《たね》になる。たとえ砲丸やオレンジが無限個あってもだ。

そこで考えてみなさい」博士は上機嫌で言った。「水が結晶するにも、凍るにも、たくさんのかたちがあり得る。われわれがスケートしたり、ハイボールをつくったりする氷――アイス・ワンとでもしようか――は、たくさんの氷のかたちのたった一つにすぎない。地球では、水はアイス・ワンでしか凍らなかった。なぜならアイス・ツーとか、アイス・スリー、アイス・フォーなどをかたちづくる種が存在しなかったからだ。そこで考えてみなさい」博士は老いた手で、またデスクを叩いた。「ここに一つ、アイス・ナインと称するものがあったとする――このデスクぐらいかたい結晶で――融点は、そう、三十八度C、いや、もっと高い、五十五度Cだ」

「どうぞ、まだわかります」

ブリード博士の話は、秘書室からのささやき声、大きなもののしいささやき声に中断された。ガール・プールの物音である。

女性たちが秘書室で歌う準備をはじめているのだ。

ブリード博士とわたしがドアから顔を出すと、本当に歌いだした。百人ばかりの女の子が、みんなそれぞれ白いボンド紙をクリップでとめてカラーに見たて、聖歌隊員になりすましている。美しい歌声だった。

わたしは驚き、思わず涙してしまった。女性はたいてい美しく歌えるものだが、その貴重な財宝が用いられることは稀にしかない。そういう歌声を聞くと、わたしは感動してしまうのである。

聖歌隊は「ああ、小さき村ベツレヘム」を歌った。彼女たちが歌いかえた歌詞の一節は、これからも長く忘れないだろう。

「すべての年の希望と恐れ、今宵われらとともにあり」

21　海兵隊は進む

ミス・フォーストにも手伝ってもらい、クリスマスの板チョコ・プレゼントを配りおえると、ブリード博士はわたしを従えて所長室にもどった。

落ち着いたところで、博士は言った。「どこまで行ったかな？　うん、そうだ！」そしてこの老人は、神に見捨てられた泥沼で苦闘する合衆国海兵隊の話を、またも持ちだした。

「トラックも、戦車も、曲射砲も、もがきもがき進む。軟泥と鼻をつく毒気にどっぷりとつかって」

博士は一本の指をあげ、わたしにウィンクした。「だが、ここで考えてごらん、お若いかた、一人の海兵隊員がアイス・ナインの種《たね》——つまり水の分子が違った組みあわさりかた、凍りかたをする素《もと》を携行していたとする。もし、海兵隊員が、種を手近な水たまりに投げたとしたら……?」

「水たまりは凍る?」

「その水たまりのまわり一面の沼どろは?」

「凍るんですか?」

「その凍った一面の沼どろ地帯に点々とある水たまりは?」

「凍るんですか?」

「その凍った沼どろ地帯の池や小川は?」

「凍るんですか?」

「そうさ、凍るとも!」と博士は叫んだ。「そして合衆国海兵隊は沼地から立ちあがり、進軍を続けるんだ！」

22 赤新聞の記者

「そんなものがあるのですか？」と、わたしはきいた。

「ない、ない、ない、ない」ブリード博士はまた機嫌を悪くした。「今の話は、きみに見る目を与えるたとえ話だ。そういう、まったく新しい奇抜な考えかたで、フィーリクスは昔からある問題にアプローチしたということだ。泥をなんとかしろとつきまとう海兵隊の将軍に、フィーリクスは今の話をしたわけだよ。

フィーリクスはここのカフェテリアで、毎日一人きりで食事をした。誰もとなりに坐らない、考えの邪魔をしない――そんなきまりができていた。ところがその海兵隊の将軍は、ずかずかはいってくると、椅子を持ってきて泥の話をはじめた。いまわたしが話したのは、フィーリクスが即席でした返事なんだ」

「すると――すると、そんな物質は本当はないわけですか？」

「ないと言ったじゃないか！」ブリード博士はかんしゃくを起こした。「フィーリクスは、すぐそのあとで死んだんだ！　純粋研究にたずさわる人びとの話を、わたしはずっときみに話してきた。きみが本当に聞いていたのなら、そんな質問は出ないはずだがね！　彼らは自分が興味を惹かれたものを研究する。他人が興味を惹かれたものではない」

「沼のことが頭からはなれないんですが……」

「そんなことを考える必要はない！　沼のことで言いたいのは、ただ一つだ。それは、もう言った」

「沼地を抜ける小川がアイス・ナインになるとすると、小川が流れこむ湖や大きな川はどうなります？」

「凍るさ。だがアイス・ナインなんてものはないんだ」

「凍った川に通じている海は？」

「もちろん凍る」博士は吐きだすように言った。「これからきみはアイス・ナインのことをセンセーショナルな記事にでっちあげて売りこみに行くんだろうな。もう一度言う、そんなものは存在しないのだ！」

「すると、凍った湖や小川に水を送りこむ泉や、泉になってわき出す地下の水は？」

「凍るんだ。うるさいぞ！」博士は叫んだ。「だがな、もしきみが赤新聞の記者だということをはじめから知っていたら」博士は腰をあげ、大仰に言った、「一分たりとも時間など裂いてやらなかったところだ！」

「すると雨は？」

「降れば、どの雨粒も靴鋲みたいなアイス・ナインに変るさ――そうして世界は終りだ！　ついでにインタビューも終りだ！　さようなら！」

23　チョコレート・ケーキの最後の一焼き

ブリード博士は、少なくとも一つのことでは間違っていた。アイス・ナインなるものは、存在していたのである。

しかも、この地上に。

アイス・ナインは、フィーリクス・ハニカーが、正当な報いを受けてこの世を去るにあたって、人類に遺した最後の贈り物だった。

人びとが何も知らぬうちに、ハニカー博士はそれをつくりあげた。博士は何の記録も残さなかった。

発明の過程で、精巧な器械は必要であった。だがそれは、ちゃんと研究所にそろっていた。ハニカー博士は、研究所の隣人たちをたずねるだけでよかった――あちこちで借りまわり、人目をひく近所荒しぐらいに思われているうちに――いわば、チョコレート・ケーキの最後の一焼きをこしらえてしまったわけである。

彼はアイス・ナインをひとかけらつくった。それは青白色の氷、融点は四十五・八度Cだった。

フィーリクス・ハニカーはかけらを小さな壜に入れ、壜をポケットに収めた。そしてクリスマスを祝うため、三人の子供といっしょにケープ・コッドの別荘へ出かけた。アンジェラは三十四、フランクは二十四、こびとのニュートは十八だった。

父親はクリスマス・イヴに死んだ。アイス・ナインのことは、子供たちにしか話さなかった。

子供たちはアイス・ナインを三つに分けた。

24 〈ワンピーター〉とは

ここでボコノン教独特の概念である〈ワンピーター〉の説明が必要となる。〈ワンピーター〉は、〈カラース〉の軸である。〈ワンピーター〉のない〈カラース〉は存在しない、とボコノンは言う、ちょうどハブのない車輪が存在しないように。

あらゆるものが、〈ワンピーター〉となりうる。木、岩、動物、思想、本、メロディ、聖杯。何であろうと、〈カラース〉のメンバーたちは、その周囲を渦状星雲の壮大な混沌さながら回転する。共通の〈ワンピーター〉をめぐる〈カラース〉のメンバーの軌道は、当然のことながら、精神的な軌道である。円運動するのは魂であり、肉体ではないのだ。ボコノンはわたしたちに、こう歌おうと呼びかけている。

ぐるぐる、ぐるぐる、ぐるぐる回る
錫のつばさと鉛の足で……

そして〈ワンピーター〉は来たり、〈ワンピーター〉は去る、とボコノンは言う。

いつであっても〈カラース〉には二つの〈ワンピーター〉がある——一つは重要性をしだいに増すほう、一つは減じるほうである。

そしてこれはほとんど確信をもって言えることだが、わたしがイリアムでブリード博士と会っているとき、ちょうど生まれでた〈ワンピーター〉というのが、例の水の結晶形である青白色の宝石、アイス・ナインと呼ばれる破滅の種《たね》だったのだ。

わたしがイリアムでブリード博士と会っているとき、アンジェラ、フランクリン、ニュートンのハニカー三姉弟《きょうだい》は、アイス・ナインの種、父親の持っていた種から成長した三つの種——血を分けた子供とでもいうべきものを持っていたのである。

この三つの種のたどった運命が、いま思えば、わたしの〈カラース〉の中心だったのである。

25 ハニカー博士の最重要問題

わたしの〈カラース〉の〈ワンピーター〉については、そのくらいにして。

ジェネラル金属の研究所の一室で、ブリード博士との不快な会見が終ると、わたしは、ミス・フォーストの手にゆだねられた。出口を教えてもらうだけのはずだったが、彼女を説得したかいあって、故ハニカー博士の研究室を、その前に見せてもらうことになった。

途中わたしはミス・フォーストに、どの程度ハニカー博士を知っていたかとたずねた。率直で興味深い返事がかえってきた。すがすがしい微笑のおまけがついていた。

「知りあってわかる人ではなかったわね。こういうことなのよ、ふつう人が誰それさんをよく知っているとか、あまり知らないとかいうのは、それは、秘密を話してもらってるかどうかということでしょ。内密の問題や、家族の問題や、恋愛問題なんかを言っているのよ」と、このすてきな老婦人は言った。「ハニカー博士だってそういう問題はありましたよ、ほかの誰とも同じようにね。でもあの人にとっては、それが最重要問題ではなかったのね」

「すると、なんですか？」

「ブリード博士がいつもおっしゃってたわ。ハニカー博士の最重要問題は、真理なんだって」

「あなたは同感じゃないみたいですね」

「同感とかそういうことじゃなくて、真理さえあれば人間はそれでいいのか、そこがうなずけないの」

ミス・フォーストには、ボコノン教を受け入れる用意がりっぱにできている。

26 神とは

「ハニカー博士とお話しになったことはありますか？」と、わたしはミス・フォーストにきいた。

「ええ、ありますよ。しょっちゅうお話ししたわ」

「ご記憶に残っていることはありますか？」

「そういえば、博士がこうおっしゃったことがあるわ。絶対に真であることを一つでもあげてみろ、何もあげられないだろうって。それで、わたしは言ったの。〝神は愛です〟って」

「博士の答えは？」

「こうおっしゃったわ。〝神とは何だ？〟〝愛とは何だ？〟」

「フム」

「でも神は愛ですよね」とミス・フォーストは言った。「ハニカー博士が何とおっしゃろうと」

27 火星から来た人たち

フィーリクス・ハニカー博士の研究室であった部屋は、その建物の最上階、六階にあった。

戸口には紫の太い紐がはりわたされ、壁の真鍮板が、この部屋の神聖である理由を説明している。

この部屋において、ノーベル物理学賞受賞者フィーリクス・ハニカー博士は、生涯の最後の二十八年間を過した。「彼のいるところには、常に知識の辺境があった」人類の歴史上、この人物の持つ重要性ははかりしれない。

紫の紐をはずそう、とミス・フォーストが申しでた。はいれば、中にいる幽霊たちとももっと親しくつきあえるだろうから。

わたしは申し出を受けた。

「亡くなられたときのままよ。もっとも、台の一つにいっぱいあったゴム・バンドはみんな片づけてしまったけど」

「ゴム・バンド？」

「わたしにきいてもだめですよ。何をきいても駄目」

老科学者は、研究室を大混乱に陥れたまま世を去っていた。まず注意をひいたのは、あちこちにちらばる相当量の安物玩具である。紙の爪は背骨が折れている。おもちゃのジャイロスコープは、紐が巻かれたままで、すぐにもブーンと回りだしてバランスをとる用意ができている。独楽《こま》がある。シャボン玉のパイプがある。お城と二ひきの亀のはいった金魚鉢がある。

「十セント・ストアがお気にいりだったわ」

「そうでしょう」

「世界的に有名な実験のなかにも、一ドル足らずの器具でやってしまったのがあるのよ」

「一ペニーの節約は一ペニーの得、ですか」

実験室で普通に見る器具も、もちろん数えきれぬほどあった。だが、派手な安物のおもちゃに比べれば、それらは見ばえのしない付属品にすぎなかった。

ハニカー博士のデスクには、手紙が山と積まれていた。

「返事を出したことないんじゃないかしら。返事がほしければ、電話口に呼びだすか会いに来るしかないんですよ」

額にはいった写真が、デスクにある。こちらからは裏が見えるだけなので、わたしは写真の主をあててみようとした。「夫人ですか？」

「いいえ」

「子供たちの誰か？」

「いいえ」

「自分？」

「いいえ」

わたしはのぞいてみた。いなか町の郡役所の前にある、みすぼらしい小さな戦争記念碑の写真である。記念碑の一部に、さまざまな戦争で没した村人の名が刻んであるので、それがこの写真の存在理由ではないか、とわたしは推量した。文字はなんとか読める。そのなかにハニカー姓があるものとわたしは半ば予期した。が、見つからなかった。

「それも趣味なのよ」

「何がですか？」

「郡役所によって、砲丸のつみかたが違うことがあるんですって。どうもその写真のは、普通と違ってるらしいわ」

「なるほど」

「変った人だったわ」

「ですねえ」

「百万年もたてば、みんな、あの人みたいに頭がよくなって、あの人みたいな物の見かたができるようになるんでしょうけれど、今の平均的な人と比べたら、あの人は火星で生まれた人ぐらい違ってたわ」

「本当に火星人だったのかもしれませんよ」と、わたしは言った。

「そうだわね、それであの三人の不思議な子供たちの説明もつきそうだわ」

28　マヨネーズ

一階へおりるエレベーターを二人で待つうち、五番エレベーターが来なければいいが、とミス・フォーストが言いだした。なぜそれが理にかなった願いなのかたずねる間もなく、来たのは五番だった。

エレベーター係は小柄なニグロの老人で、名をライマン・エンダーズ・ノールズといった。ノールズは狂人だった。これはほぼ断言できる——反吐が出るほどの狂人だった。とにかく、自分がいいことを言ったと思うと、きまって自分の尻をぎゅっとつかみ、「そうだ、そうだ！」と叫ぶのである。

「やあ、これはわが同志、類人猿ならびに池の睡蓮《リリイ・パッド》ならびに汽船の外輪《パドル・ホイール》諸君」とノールズは、ミス・フォーストとわたしに言った。「そうだ、そうだ！」

「一階」ミス・フォーストは冷たく言った。

　ボタンを押しさえすれば、ノールズはエレベーター・ドアをしめて、わたしたちを一階へおろすことができた。だが、気配はまだなかった。この先何年たっても、押しそうになかった。

「人から聞いたんだがねえ」とノールズは言った。「ここのエレベーターは、マヤの建築なんだってねえ。わしゃ、きょうまでちっとも知らなかったよ。わしも人に言ってやったよ。〝すると、わしゃ何かい——マヨネーズ（マヤ人を意味するインチキな英語とのだじゃれ）かい？〟そうだ、そうだ！　やっこさん考えてるんで、ついでにもう一つきいてやったんだ。これにゃあ、むこうさん身体をつっぱらせて、前の倍も一所懸命に考えはじめたねえ！　そうだ、そうだ！」

「下へやってくださらない、ノールズさん」とミス・フォーストが頼んだ。

「わしゃ言ったんだ。〝ここは、研究所《リサーチ・ラボラトリ》だねえ。研究《リサーチ》（re-search）てな、〈もう一度探す〉ってことでしょう？　ってことは、むかし一度見つけたものをまた探してるんだねえ。どういうわけかそれがなくなっちゃって、今それを探しなおし《リサーチ》てるわけだねえ。どうしてこんな建物をたてたんだろうねえ、このマヤ人《マヨネーズ》のエレベーターやなんかも？　それで、どうしてこう頭のおかしい連中をいっぱい入れとくんだろうねえ？　何をまた見つけるんだろう？　だれが何をなくしたんだって？〟わしゃ、そう言ってやったよ。そうだ、そうだ！」

「おもしろいわね」ミス・フォーストはため息をついた。「さあ、下へ行けるかしら？」

「行けるのは下だけだよ」ノールズはどなった。「ここはてっぺんだ。あんたが上へ行けってったって行けるもんじゃない。そうだ、そうだ！」

「じゃ、下へ行きましょうよ」

「いま行くから。このかたは、ハニカー先生に敬意を表しに来たってわけかね？」

「そうですよ」とわたしは言った。「先生を知ってますか？」

「親しくつきあってたよ。先生がなくなられたとき、わしがなんてったか知ってるかい？」

「いや」

「わしゃ言ったんだ。〝ハニカー先生かい――あの人は死んじゃいないよ〟」

「ほう？」

「新しい次元にはいったんだ。そうだ、そうだ！」

ノールズがボタンを押し、わたしたちは一気に下った。

「先生の子供たちを知ってますか？」と、わたしはきいた。

「まるで狂犬病《レイビーズ》をしょった赤んぼう《ベイビーズ》だったねえ。そうだ、そうだ！」

29 忘れ得ぬ人

このイリアムでしておきたいことがもう一つあった。ハニカー博士の墓を写真にとっておきたいと思ったのだ。わたしはホテルへ引き返し、サンドラが去ったのを見とどけると、カメラをとってタクシーを拾った。

肌を刺すような灰色のみぞれが、まだ降っていた。みぞれ降るなかの墓石とはいい写真になるかもしれない、『世界が終末をむかえた日』の表紙につかってもぴったりするだろう。そう思った。

墓地の門のところで、管理人がハニカー家の墓所を教えてくれた。「あれは見逃しっこないね」と管理人は言った。「ここでいちばんでっかい石だ」

嘘ではなかった。墓石は、高さ二十フィート、直径三フィートもある雪花石膏の男根像だった。表面には、雨氷がべったりとこびりついていた。

「よくも、まあ」わたしは叫び、カメラを手にタクシーからおりた。「原子爆弾の父にふさわしい墓碑が、こんなものだとは！」わたしは笑った。

わたしは運転手に、大きさの見当がつくように記念碑と並んで立ってくれ、と頼んだ。そして、故人の名前が見えるよう雨氷を掻きとってくれ、とつけ加えた。

運転手はそのとおりにした。

すると下には、さしわたし六インチの文字で、おお、神よ、こうあったのだ。

おかあさま

「おかあさま？」信じられぬ顔で運転手がきいた。
わたしは雨氷をもっと掻き落し、こんな詩を見つけた。

おかあさま、おかあさま
わたしたちをお守りください
いつの日も
——アンジェラ・ハニカー

その詩の下に、また一つ。

あなたは死んではいません
眠っているだけです
だから泣くのをやめて
ぼくらは笑います

30 眠っているだけ

——フランクリン・ハニカー

その下に、シャフトに埋めこまれて四角いセメント板があり、赤んぼうの手形が押してあった。手形の下に、文字。

ニュートぼうや

「これが、おかあさまなら」と運転手が言った、「いったい、おとうさまには何をぶったてたんだい?」運転手は、これに合う墓石のかたちについて卑猥な考えを述べた。

おとうさまはすぐそばに見つかった。彼の碑は——遺言に定められたとおり、といっても、あとで知ったのだが——各辺四十センチメートルの大理石の立方体だった。

それには「**おとうさま**」とあった。

31　また一人のブリード

墓地からの帰り、タクシーの運転手が自分の母親の墓の心配をはじめた。ちょっと回り道になるが寄ってもよいかという。

彼の母親は、哀れをもよおす小さな石の下に眠っていた――だからといって、どうということはないのだが。

ついで運転手は、また一つちょっとした遠回りを願い出た。今度は、通りをはさんで墓地とむかいあわせにある墓石販売店である。

ボコノン教徒でなかったわたしは、少々いらいらしながら運転手の言うままになった。ボコノン教徒なら、むろん誰の言うところへも喜んでついて行くはずである。ボコノンは言う、「おかしな旅の誘いは、神の授けるダンス・レッスンである」

墓石店の名は、アヴラム・ブリード父子商会といった。運転手がそこの主人にかけあっているひまに、わたしは墓碑のあいだを――無名の墓碑、まだ思い出を刻まれていない墓碑のあいだを散歩した。

ショールームで、わたしは、店の宣伝をかねた、ちょっとふざけた代物を見つけた。天使の石像の上に、やどりぎがつるしてあるのだ（クリスマスのやどりぎ飾りの下では、少女にキスをしてもよい）。台座にはヒマラヤ杉の枝が山と積まれ、天使の大理石の首には、クリスマス用豆電球のネックレスが飾りつけてある。

「これはいくら？」と、わたしは主人にきいた。

「売り物じゃないよ。百年も昔のなんだ。ひい爺さんのアヴラム・ブリードが彫ったのさ」

「そんなに古い店ですか？」

「そうさね」

「じゃ、あなたもブリード？」

「ここに店を開いて四代になる」

「研究所の所長をしておられるエイサ・ブリード博士とは、何か関係でも？」

「兄貴だよ、わしの」そして、自分はマーヴィン・ブリードだと名乗った。

「世間は狭い」

「墓地で言うのなら、正にそうだがな」マーヴィン・ブリードは、口のたっしゃな庶民的な男、頭のきれる感傷的な男だった。

32 ダイナマイト・マネー

「今そのお兄さんに会ってきたばかりなんですよ。本を書いているので、ハニカー博士のことをいろいろとうかがってきました」と、わたしはマーヴィン・ブリードに言った。

「変てこな野郎がいたものさ。いや、兄貴じゃなくて、ハニカーだ」

「あの墓石を博士に売ったのは、あなたですか？」

「子供らに売ったんだよ、あれは。あいつは関係ない。自分の女房の墓に目印をつけに来たことなんかついぞなかったな。死んで一年かそこらしたころ、ハニカーの三人の子供が来た――図体の大きいのっぽの娘と、男の子と、小さな坊やだ。金で買えるいちばんでかい石をほしいと言ったよ。上の二人は自分の書いた詩を持ってて、それを石に彫りたがってた。

あの石を見て笑いたけりゃ笑っていいんだ。だがあの三人の子供には、金でほかの何を買うより、あれが慰めになったんだろう。来ちゃながめて花を飾ってたよ。それが年に何回か、数えきれんくらいなんだ」

「あれは相当したでしょう？」

「ノーベル賞の金で買ったんだ。あの金で買えたものが二つある。ケープ・コッドの別荘と、あの石さ」

「ダイナマイトの金がねえ」ダイナマイトの激烈な力と、墓石や夏の別荘の絶対的な静かさを比べて、わたしは感慨無量だった。

「何だって?」

「ノーベルの発明したのが、ダイナマイトだから」

「そりゃあ、いろいろあるさ……」

ダイナマイトの金をこんな墓石店に送りこんだ、奇蹟に近いこみいったできごとの連続。そのころボコノン教徒であったなら、わたしはこうつぶやいていたかもしれない、「目がまわる、目がまわる、目がまわる」と。

〈目がまわる、目がまわる、目がまわる〉とは、わたしたちボコノン教徒が、人生のからくりの複雑さや意外さを思うとき、常に口にする言葉である。

しかしキリスト教徒であったわたしには、これしか言えなかった、「おもしろいことがあるものですねえ、人生には」

「おもしろくないこともあるもんだよ」とマーヴィン・ブリードは言った。

33 いやな野郎

わたしはマーヴィン・ブリードにたずねた。エミリー・ハニカーを知っているか――フィーリクスの妻、アンジェラとフランクとニュートの母、今はあの巨大なシャフトの下で眠っている女を。

「知ってる?」その声がとつぜん愁いをおびた。「知ってるかっておききなさったね、あんた? ああ、知ってますとも。わしはエミリーを知ってる。いっしょにイリアム・ハイへかよったもんだ。クラス・カラー委員会の副委員長を二人でやったよ。あれの親父さんは、イリアム・ミュージック・ストアというのをやってた。エミリーは、そこにある楽器ならなんでもひけたよ。こっちは惚れた弱み、フットボールをやめて、バイオリンを習おうとしたくらいだ。そんなところへ、兄貴のエイサがＭＩＴ(マサチューセッツ工科大学)の春休みで帰ってきた。こともあろうに、わしはこの一番のガール・フレンドをエイサに紹介しちまったんだな」マーヴィン・ブリードは指をはじいた。

「こんなふうにさらってっちまったよ。こっちは大枚七十五ドルを投じたバイオリンを、ベッドの足のところにあるだろう、あの真鍮の玉飾りに叩きつけたね。それから花屋へ行って、薔薇が一ダースもはいるような箱を買って、そいつをほうりこんで、ウェスターン・ユニオンのメッセンジャー・ボーイに持ってかしたよ」

「きれいな人だったんでしょうね、エミリーは?」

「きれい？」彼はうつろにくりかえした。「あんたねえ、もし神さまがだ、わしに女の天使をはじめて拝ませてくれたとする。わしはポカンと口をあけるだろうが、それは羽根が生えてるのに驚いたからだ、顔じゃない。この上ないというきれいな顔には、もうお目にかかっとるんだから。このイリアム郡で、片想いであれ何であれ、エミリーに惚れてなかった男はいないといっていいだろう。望みどおりの男といっしょになれたんだ」彼は床に唾を吐いた。「それが、どうしてあんなチビのドイツ野郎といっしょにならなきゃいけないんだ！　はじめはエイサと婚約してたんだ。そこへ、あのド畜生がひょっこり現われた」マーヴィン・ブリードはまた指をはじいた。

「こんなふうにさらってっちまったよ。

死んだ人間を、それもフィーリクス・ハニカーみたいな大人物をド畜生呼ばわりするなんて、反逆も反逆、恩知らずで、無知蒙昧で、田舎者で、非常識もはなはだしいところだろう。あいつはたしかに、悪気のない、心のやさしい夢想家のように見えたよ。蠅一ぴき殺さない、金とか権力とか豪華な衣装とか車とか、そういったものにはまるで関心がない、わしらとは違う、わしらよりずっとましで、無垢なとこはさしずめキリストだ——もっとも、最後の神の子のところはどうかと思うがな……」

マーヴィン・ブリードは、それ以上いう必要はないと考えたらしかった。わたしは続きを催促した。

「だが何だ、だって？」とマーヴィン・ブリードは言った。「だが何だ？」彼は墓地の門が見える窓へ歩みよった。「だが何だ、か」彼は、門とみぞれとぼんやりと見えるハニカー家の大石柱にむかってつぶやいた。

「だが、だ。だが、原子爆弾みたいなものの製造に手を貸す人間のどこを見て、無垢だなんて言える？　なにが立派な人間だ――この世でいちばん気だてのいい、いちばん美しい女が、自分の妻が、愛情も理解も与えられずに死にかかっているときに、なんにもしないでいて……」

彼は身を震わせた。「あいつは死んで生まれてきたんじゃないかと、ときどき思うよ。生きることにあんなに興味のなかったやつは見たことがない。ときどき思うんだが、世の中が悪いのもそこじゃないかな。石みたいに冷たくなって死んでいる人間が、上のほうに多すぎるんだ」

34 〈ヴィンディット〉

その墓石売場で、わたしは人生最初の〈ヴィンディット〉を経験することになった。このボコノン教用語は、ある人間がボコノン教の方向へとつぜん一押しされることを意味する。つまり、全能の神はやはりわたしのすべてを知っていた、全能の神はわたしのために何か綿密な計画を練っていたのだ、と信じる方向に押されるわけである。

その〈ヴィンディット〉は、やどりぎの下の天使像にまつわるものだった。タクシー運転手もこれに目をつけ、いくらかかろうと母親の墓に置くのだという気で、目に涙をうかべながらその前に立っている。

マーヴィン・ブリードは、フィーリクス・ハニカーへの文句を一通り終えてはいたが、相変らず墓地の門が見える窓から外をながめていた。「あのドイツ野郎は現代の聖者だったかもしれんよ」と彼はつけ加えた。「だがな、あいつが自分のやりたくないことをやったとか、ほしいものでもとらなかったなんて話があったら聞きたいもんだ」

そして「音楽か」と言った。

「え?」

「エミリーがあいつと結婚した理由さ。エミリーはこう言ってた。あの人の心は、この世でもっとも偉大な音楽、星々の音楽を聞いているんだとな」彼は首をふった。「ばかばかしい」

門をながめるうち、彼はフランク・ハニカー、例の模型愛好家、虫のいじめっ子を最後に見たときのことを思いだしたらしかった。「フランクか」と言った。

「フランクはどうなんです？」

「墓地の門から出てくるところを見たのが、あの一風変った坊主を見た最後だったな。親父の葬式はまだ終っていなかった。遺体がまだ地の底におろされてもいないのに、あの門からすたすた出てくるんだ。最初に通りかかった車に親指をあげた。フロリダのナンバーがあるポンチャックの新車だったがね。それが停まった。フランクは乗りこんだ。それからあと、イリアムで見た人間はいない」

「警察から指名手配されていると聞きましたが」

「そりゃあ間違いだ、誤解なんだ。フランクは罪人なんかじゃない。そんな図太い神経は持っておらんやつなんだから。長続きした仕事は〈ジャックのホビイ・ショップ〉のとこだけだったよ。模型を売ったり、作ったり、作りかたを人に教えたりする仕事だ。ここを引き払ってフロリダへ行ってからも、勤めたのはサラソータの模型屋だった。ところが模型屋というのは表看板で、じつはキャデラックをかっぱらっちゃあ、おさがりのＬＳＴに載っけてキューバに送ってる一味だったんだ。フランクは巻きぞえをくったのさ。まだ警察が見つけてないところをみると、死んだんだろう。戦艦ミズーリに、ドゥコ・セメントで砲塔をはりつけながら、余計な話を聞きすぎたんだ」

「いまニュートがどこにいるかご存じですか？」

「インディアナポリスの姉のところだろう。しばらく前の噂じゃ、こびとのロシア娘といざこざを起こして、コーネルの予科を退学になったということだったが。考えられるかい、医者志望のこびとなんて？　それから、あのあわれな一家では、いちばん上の娘というのが、のろまの大女なんだ、六フィート以上もある。その娘を、親父はハイスクールの二年で中退させた。大いなる心の持主とか言われてるが、やめさせた理由は、身の回りの世話をさせるためなんだ。それまで、あの娘の趣味といえば、イリアム・ハイスクールにあった、ザ・マーチング・ハンドレッドというバンドでクラリネットを吹くことだけだったよ。

それも学校をやめると、呼びに来るものがなくなった。友だちはいないし、親父は親父で、遊びに行けと言って金をやるような人間じゃない。いつも何してたと思う？」

「さあ」

「夜になると部屋にこもってレコードをかけるのさ。曲に合わせてクラリネットを吹くんだ。わしの知るかぎり、この時代の最高の奇蹟といやあ、あの女によくも亭主が見つかったということさ」

「この天使にいくら払やいいんだって？」とタクシー運転手がきいた。

「売り物じゃないと言っただろう」

「こういう彫刻ができる人間は、もういないだろうな」と、わたしは言った。

「わしの甥ならできる」とブリードが言った。「エイサの伜だ。そのまま行ってれば大物の科学者になっただろうが、広島に原爆が落っこったとき自分からやめた。酔っぱらって、ここへころがりこんできて、石を彫って身をたてたいと言ったよ」

「今はここに？」

「ローマで彫刻家になってる」

「ほしいだけやれば文句はないいんだろう？」と運転手。

「まあな。だが高くつくぞ」

「こういったものは、名前をどこに入れるんだ？」

「もう名前ははいってるんだ――台座のところに」台座が枝に埋れているので、名前は見えなかった。

「受取人がなかった？」わたしはたずねた。

「支払人がなかったんだ。こんな話がある。ドイツ系移民の夫婦が、西部へ行く途中で通りかかった。ところが女のほうが、このイリアムで天然痘にかかって死んでしまった。

亭主はこの天使を注文して、わしのひいじいさんにそれだけの金を見せたんだそうだよ。だが、そこで泥棒にはいられて、有金をみんな盗まれてしまった。この世で残ったものは、行ったこともないインディアナに買った、すこしばかりの土地だけさ。で、男は出かけていった——いつか戻って金を払うと言ったそうだ」

「だが、帰ってこなかった?」と、わたし。

「そうだ」マーヴィン・ブリードは靴の先で枝を押しのけ、台座に浮彫りにされた文字を見せた。ラスト・ネームがそこに書かれていた。「変てこな名前だろう。その男に子孫がいたとしても、きっとアメリカ名前に変えちまってるね。今じゃ、ジョーンズか、ブラックか、トンプスンだ」

「ところが、そうじゃない」わたしはつぶやいた。

部屋がかしいだようだった。壁や天井や床が、つかのま無数のトンネルの口に変貌した——時間を超越してあらゆる方向にむかうトンネルだった。時間のすべての瞬間、さまよう人類のすべてが一体化するボコノン教的幻影を、わたしは見た。

「そうじゃないんだな」幻影が去ると、わたしは言った。

「こういう名前の人間を知ってるのかい?」

「ええ」

それはわたしのラスト・ネームでもあったのだ。

35 模型店

ホテルへ戻る途中、〈ジャックのホビイ・ショップ〉が目にとまった。フランクリン・ハニカーが勤めていた店である。わたしは、待っていてくれと運転手にいい、タクシーからおりた。

わたしは店にはいり、店主を見つけた。ジャックその人は、ちっちゃな消防車や、列車、飛行機、船、家、街灯、木、戦車、ロケット、自動車、赤帽、車掌、警官、消防夫、お母さん、お父さん、猫、犬、にわとり、兵隊、がちょう、牛、などなどの上に君臨していた。死人のように青ざめた男、くそまじめな男、薄ぎたない男で、やたらに咳こんだ。

「フランクリン・ハニカーがどんな子だったかって?」ジャックはききかえし、咳をし、また咳をした。彼は首をふると、生涯フランクほど敬愛できる人間はいないという証拠を見せた。

「これは、口で答えんでもいい質問だ。フランクリン・ハニカーがどんな子だったか、これからお目にかけよう」咳こんだ。「自分で見て考えなさい」

ジャックは店の地下にわたしを案内した。そこが住まいなのだろう、ダブル・ベッドと鏡台と電熱器があった。

ジャックはベッドがしわくちゃなのを詫びた。「一週間ばかり前、女房に逃げられてね」咳こんだ。「なんとか今まで通りにやっていこうと苦労しているよ」

スイッチをひねると、地下室のつきあたりに目のくらむような明りがともった。

近づくにつれてわかったのだが、その光は、合板の上に作られた幻想的な田園風景を照らす太陽なのだった。カンザス州の郡区を思わせる、完全な長方形の土地である。一カ所におれない人間や、緑の境界のかなたにあるものを見きわめようとする人間は、たちまち世界の果てから墜落してしまう。

細部は精密な縮尺で、巧妙に組み立てられ、色づけされており、その国を信じこむのにわざわざ目を細める必要はない――数々の丘、池、川、森、町、その他善良な人びとがいつくしむあらゆるものが、そこにあった。

そして、いたるところ走る鉄道線路のスパゲッティ模様。

「そこらの家のドアを見てごらん」畏敬にみちた声だった。

「よくできてる。鋭い感じですね」

「本物のノブだよ。ノッカーも本当に使える」

「へえ」

「フランクリン・ハニカーはどんな子だったかと、あんたはきいたね。これを作ったのが、あの子だ」ジャックは言葉をつまらせた。

「みんな一人で?」

「いや、すこしはわたしも手伝ったさ。だが、みんなあの子の計画に従ってやっただけだ。天才だった」

「疑いないところですねえ」

「こびとの弟がいたろう」

「ええ」

「下のはんだ付けは、あの子がやっている」

「本物そっくりだ」

「簡単な仕事ではなかった。一夜にしてできたわけでもない」

「ローマは一日にして成らず、ですね」

「あの子には家庭生活がなかったんだ」

「そう聞きました」

「これがあの子の家だった。ここで何千時間すごしたかしれないよ。汽車も走らせずに、ただすわって眺めていたようなときもある。今のわたしらみたいに」

「見るものがたくさんありますね。ヨーロッパを旅行しているようだ。じっくり見ると、おもしろいものがたくさんある」

「あの子には、あんたやわたしには見えないものが見えたらしい。こっちの目から見れば本物そっくりの丘なのに、急にそれをこわしてしまう、だが、それでいいんだ。あの子は、丘があったところに池をつくる。その上に橋をかける。すると、前よりも十倍もよく見えるんだ」

「だれにでもある才能じゃない」

「そうさ！」ジャックは熱をこめて言った。その熱意で、彼はまた咳の発作に襲われた。発作がおさまるころには、その目は涙でぐっしょり濡れていた。「わたしはあの子に言ったんだ、大学に進んで工学をみっちりやれば、アメリカン・フライヤーでもどこでも——おまえのアイデアに金を出してくれる大会社に就職できるんだと」

「相当援助なさったんじゃないですか？」

「そうしてやりたかった、それができたらよかった」ジャックは嘆いた。「それだけの金がわたしにはなかった。できるだけのことはしたよ。だが、これに使ったものは、たいてい階上《うえ》で稼いだ金で買っている。これ以外のものには十セントもつかわなかった――酒も飲まない、タバコもすわない、映画にも行かない、女の子とデートもしない、カーキチでもない」

「そういう人たちを、政府はもっと起用すべきですね」

ジャックは肩をすくめた。「しようがない……フロリダのギャングどもが殺したんだろう。口封じに」

「そうでしょう」

とつぜんジャックは泣き崩れ、叫んだ。「あの馬鹿野郎ども、自分らが何を殺したかわかってるのか!」

36 にゃあ

イリアムとその彼方の地への旅――クリスマスの前後、二週間にわたる長期旅行のあいだ、わたしはニューヨークのアパートを、シャーマン・クレブスと名乗る貧乏詩人にただで貸していた。わたしの二番目の妻は、わたしが楽観論者にしてはあまりに悲観的だという理由で出て行ってしまい、部屋はあいていた。

クレブスはひげづら、スパニエルそっくりの目をしたプラチナ・ブロンドのキリストだった。わたしの親しい友人ではない。あるカクテル・パーティで出会ったのが最初で、そのとき彼は、〈来たるべき核戦争にそなえるアメリカの詩人と画家の会〉会長だと自己紹介した。そして、必ずしも防弾でなくともよいからと、しばしの宿《シェルター》を請うたのだ。ちょうど、わたしにその余裕があったわけである。

イリアムの持主のない天使像が示す、あの不可解な宗教的暗示を気にしながらアパートに帰ったわたしは、そこに虚無的な放蕩のあとを見出した。クレブスの姿はなかった。だが去るにあたって、彼は三百ドルにのぼる長距離電話をかけ、長椅子に五カ所の焼けこげをつけ、猫を殺し、わになしの木を枯らし、薬棚の戸を引きちぎるという所業をなしていた。

彼はキッチンの黄色いリノリウムの床に、何かで——あとでそれは大便とわかったのだが——こんな詩を書いていた。

うちにはキッチンがある

けれど完全なキッチンじゃない
もひとつ浮かれた気がしないのは
そのせいだ
ディスポーザーがないからだ

落書きがもう一つ。ベッドのあたまの壁紙に、口紅で女文字。「いや、いや、いや、とヒヨコちゃんはいいました」

猫の死骸の首には、一枚の札がかかっていた。それにはこうあった、「にゃあ」以来、クレブスには会っていない。にもかかわらず、彼はわたしの〈カラース〉である気がする。だとすれば、彼は〈ランラン〉の役をつとめたことになる。〈ランラン〉とは、ボコノンによれば、人びとをある思索の路線からそらす人間である。〈ランラン〉の生活のなかから範をたれて、その路線を打消し、ばかげたものにしてしまうのだ。

漠然とだが、わたしはあの天使像を無意味なものとしてかたづけ、そこからすべてが無であるという思想へむかう方向に傾いていたらしい。だがクレブスの所業を見て以来、ことにわたしのかわいい猫への仕打ちを見て以来、ニヒリズムはわたしのものではなくなった。

わたしがニヒリストになるのを望んでいない何者か、または何かが、存在するのだ。クレブスが気づいていたかどうかはともかく、その哲学からわたしを目ざめさすのが、彼の使命だったのである。でかした、クレブスくん、でかしたぞ。

37 当世風陸軍少将

そうこうするうち、ある日、ある日曜日、わたしは偶然に、例の模型の虫、逃亡犯人、そしてメースン壜に閉じこめられた虫にとっては、偉大なる神エホバでありベルゼブルであった少年、フランクリン・ハニカーの居場所を知った。

彼は生きていたのだ！

消息は、ニューヨーク・サンデイ・タイムズの特別付録にのっていた。付録は全体が、あるバナナ共和国の有料広告だった。表紙には女の写真。それは、胸がはりさけるかと思えるほどに美しい、わたしが理想に描く一人の娘のプロフィルだった。

その彼方では、何台ものブルドーザーが椰子の木を倒し、広々とした街路を建設している。通りのつきあたりには、新しい三つのビルの鋼鉄の骨組が見えた。

「サン・ロレンゾ共和国は前進する!」と表紙のコピーはうたっていた。「健康で、幸福で、進歩的で、自由を愛する、美しい国なら、おのずとアメリカの投資家や観光客の関心のまとになるものです」

あわてて中をあけるようなことはしなかった。表紙の娘だけで充分だったのだ——いや、充分以上だった。わたしは一目で彼女に恋をしてしまっていたのだ。彼女はたいそう若く、またたいそう威厳があった——そして慈愛と叡智に輝いていた。

肌はチョコレートみたいに茶褐色。髪はまるで金色の亜麻だった。

名はモナ・アーモンズ・モンザーノである、と出ていた。島の独裁者の養女だという。

このおごそかな混血のマドンナをもっと見ようと、わたしは付録をひらいた。

かわりに目にはいったのが、島の独裁者で、八十に手がとどこうというゴリラじじい、ミゲル・〝パパ〟・モンザーノの肖像画である。

〝パパ〟のすぐとなりに、若者の写真。肩幅の狭い、狐みたいな顔をした、子供っぽい若者である。純白の軍服を着、宝石をちりばめた日輪型の勲章をつりさげている。両眼の間隔はせまく、下には丸い隈がある。そして、物心ついてから床屋へ行くたびに、上は残して回りだけ刈りあげろと注文しているに違いない。オールバックにしたちぢれ毛は、マルセル式ウェーヴのかかった髪のさいころといった感じで、信じられぬ高さに達していた。

このぱっとしない坊やは、サン・ロレンゾ共和国科学大臣兼進歩大臣、フランク・ハニカー少将と紹介されていた。

彼は二十六歳だった。

38 世界のバラクーダ首都

サン・ロレンゾは、さしわたし五十マイル、幅二十マイル。ニューヨーク・サンデイ・タイムズの付録には、そうあった。人口は四十五万、「……全国民が自由世界の理想にむかって邁進《まいしん》している」

島の最高点マッケーブ山は、海抜一万一千フィート。首都はボリバル、「……港をのぞむ超モダン都市で、その港はアメリカ合衆国海軍の全艦隊を収容する規模を誇っている」主要輸出品目は、砂糖、コーヒー、バナナ、藍《あい》、民芸品。

「また釣スポーツマンに言わせれば、サン・ロレンゾは、文句なし世界のバラクーダ首都である」

ハイスクールさえ卒業していないフランクリン・ハニカーが、どうしてそんな並はずれた地位についたのか、わたしは首をひねった。解答の一部は、〝パパ〟モンザーノの署名がある、サン・ロレンゾについてのエッセイで明らかにされた。

〝パパ〟によれば、フランクは「サン・ロレンゾ総合開発計画」——新しい道路、地方の電化、汚水処理工場、ホテル、病院、診療所、鉄道を含む大事業の設計者であった。エッセイは当を得た短いものだったが、そのなかで〝パパ〟はフランクのことを、五回にわたって「……フィーリクス・ハニカー博士の血を分けた息子」と呼んでいた。人肉嗜食をにおわせる語句である。

どうやら〝パパ〟はフランクを、魔力をひめた父親の肉の一切れみたいに思っているらしいのだ。

39 ファタ・モーガナ

付録にあるまた一つのエッセイから、さらに少しのことがわかった。「サン・ロレンゾは一アメリカ人に何を意味したか」と題された美文のエッセイである。ゴースト・ライターが書いたものといって、ほぼ間違いないだろう。それには陸軍少将フランクリン・ハニカーの署名があった。

フランクはそのエッセイで、カリブ海をただ一人、沈没まぢかい全長六十八フィートのクリス・クラフト（大型ヨット）に乗って漂流した経験を語っていた。何をしていてそうなったのか、なぜ一人きりだったかについての説明はなかった。だがキューバから船出したことには触れていた。

「贅をつくした快楽の船は沈もうとしている、わたしの無意味な人生を道づれにして」

エッセイには、そうあった。「この四日間、口にしたものといえば、二枚のビスケットと一羽のかもめだけ。人喰い鮫の背びれが周囲の生暖かい海を切り裂き、針のような歯を持つバラクーダが海水を沸きたたせている。

わたしは神の裁きに甘んじる覚悟をきめ、天にむかって目をあげた。すると、そこに見出したのは、雲をつらぬいてそびえる美しい孤峰であった。これは、ファタ・モーガナ——蜃気楼の冷酷な惑わしであろうか？」

ここまで読んで、わたしはファタ・モーガナを辞書で調べ、それが、モーガン・ル・フェイ、すなわち湖底に住んでいた妖精にちなむ蜃気楼の別称であることを知った。カラブリアとシチリアを隔てる、メッシナ海峡のそれが有名であるという。ファタ・モーガナは、要するに詩的たわごとなのだ。

沈む豪華ヨットからフランクが見たのは、冷酷なファタ・モーガナではなく、マッケーブ山の頂きだった。フランクのヨットはおだやかな海に愛撫され、まるでそうなるのが神の意志であったかのように、やがてサン・ロレンゾの岩だらけの海岸に到着した。

フランクは靴すら濡らすことなく陸地を踏み、場所の名をたずねた。エッセイでは何も言っていないが、そのときもこの大たわけは、アイス・ナインのかけらをちゃんと持っていたのである――魔法びんに詰めて。

パスポートのないフランクは、首都ボリバルの拘置所にぶちこまれた。そこへ〝パパ〟モンザーノが訪ねてきた。フランクの名を耳にして、あの不滅の大科学者フィーリクス・ハニカーと血縁かどうか調べに来たのである。

「わたしはそのとおりだと認めた」エッセイの中でフランクは語っていた。「その瞬間、サン・ロレンゾのあらゆるチャンスの扉がすべてわたしの前に開かれたのである」

40　希望と慈悲の館

たまたま――〝定められていたとおり〟とボコノンならいうだろう――わたしはある雑誌の依頼で、サン・ロレンゾへ記事をとりに行くことになった。取材の相手は、〝パパ〟モンザーノでもフランクでもなかった。ジュリアン・キャッスルというアメリカの砂糖成金で、この男は四十のとき、密林に無料病院を建設し、アルバート・シュヴァイツァー博士のひそみにならって、肌の色を異にする人びとのために一生を捧げはじめたのである。

キャッスルの病院は、〈ジャングルの希望と慈悲の館〉と呼ばれた。そのジャングルはサン・ロレンゾにあり、マッケーブ山の北側斜面にしげる野生のコーヒー樹林なのだった。

わたしがサン・ロレンゾへ飛んだとき、ジュリアン・キャッスルは齢《よわい》六十を数えていた。

二十年間、彼はまったく利他的であった。

利己的な時代のキャッスルは、トミー・マンヴィル、アドルフ・ヒトラー、ベニト・ムッソリーニ、バーバラ・ハットンとならぶ、タブロイド新聞読者のおなじみだった。その名声は好色とアルコール中毒と無謀運転と徴兵忌避の上にきずかれていた。また彼は、数百万ドルを湯水のように使いながら、人類には迷惑以外の何をももたらさないという、目を見はる才能を持っていた。

キャッスルは五回結婚し、息子を一人もうけた。

一人息子のフィリップ・キャッスルは、わたしが泊る予定のホテルの支配人兼所有者だった。ホテルの名は、カサ・モナ。ニューヨーク・サンデイ・タイムズ付録の表紙に写っていた、あのニグロのブロンド娘、モナ・アーモンズ・モンザーノにちなんで名づけられたものである。カサ・モナは完成したばかり。付録のモナの写真の背景にある三つのビルの一つが、それだった。

思慮に富む海が、わたしをサン・ロレンゾへと導いていた。そうとは知らないわたしは、それが愛によるものだとばかり思っていた。モナ・アーモンズ・モンザーノみたいな女に愛されたらという幻想、ファタ・モーガナは、途方もない力となってわたしの無意味な人生を支配していた。彼女なら、今まで出会った女の誰よりもわたしを幸福にできるだろう、わたしはそう思いこんでいた。

41　二人だけの〈カラース〉

マイアミを発ち、ついにサン・ロレンゾへと針路をとった旅客機のシートは、左右三人がけだった。たまたま――〝定められていたとおり〟――となりには、サン・ロレンゾ駐在の新任アメリカ大使ホーリック・ミントンと、夫人のクレアがすわった。髪の白い、上品な、華奢なカップルだった。

ミントンは職業外交官、大使に任命されたのはこれがはじめてだという。ミントンの話では、これまで、夫人とともにボリビア、チリ、日本、フランス、ユーゴスラビア、エジプト、南アフリカ連邦、リベリア、パキスタンを回ってきたということだった。二人はまさにぼたんいんこ《ラブバード》（雌雄よりそってはなれない）だった。窓の外の美しい景色とか、読んでいるもののなかで見つけたおもしろい記事やためになる記事、過ぎ去った昔のとりとめもない思い出、そういった些細な贈り物を交換しては、いつ果てるともなくたがいを喜ばしあっているのである。ボコノンが言う〈デュプラス〉、つまりわずか二人で構成される〈カラース〉の完璧な見本とは、この夫婦のことではないかと思う。

「真の〈デュプラス〉とは」とボコノンは言う、「何者も、たとえ二人のあいだに生まれた子供でさえも、侵すことはできない」

そこで、わたしは、ミントン夫妻を、わたし自身の〈カラース〉から、フランクの〈カラース〉から、ニュートの〈カラース〉から、エイサ・ブリードの〈カラース〉から、アンジェラの〈カラース〉から、ライマン・エンダーズ・ノールズの〈カラース〉から、シャーマン・クレブスの〈カラース〉から、外すことにする。ミントン夫妻のそれは、わずか二人からなる緊密な〈カラース〉なのである。

「それは嬉しいことですね」と、わたしはミントンに言った。

「何が嬉しいんです？」

「大使に任命されて」

なさけなさそうに顔を見合わせる夫妻の様子から、わたしは余計なことを言ってしまったと感じた。だが二人は調子を合わせてくれた。「ええ」とためらいがちに、「嬉しいことです」ミントンは弱々しい笑みをうかべた。「たいへん光栄に思っています」

どんな話題を持ちだしても、たいてい結果は同じだった。ミントン夫妻から生きいきした会話を引きだすことは、とうとうできなかった。

一例をあげてみよう。わたしはこう言った、「外国語はたくさんおできになるんでしょうね」

「ええ、六、七カ国語かな――二人あわせて」

「それならご満足でしょうね」

「何がですか？」

「いろいろな国の人たちとお話ができて」

「満足です」ミントンはうつろに言った。

「満足です」と夫人が言った。

そして二人は、座席のアームの上にひろげた分厚いタイプ原稿に目をもどした。

ややあって、わたしは言った、「世界各地を旅行されて、人びとの心はどこでも一つだとお感じになりませんでしたか？」

「はあ？」とミントンはきいた。

「どこへ行かれても人情は変らないでしょう？」

ミントンは夫人に目をやり、彼女が今の質問をちゃんと聞いたのを確かめると、わたしをふりかえった。「そう、どこへ行っても、だいたい同じです」

「フム」

ついでながら、ボコノンによれば、〈デュプラス〉のメンバーは一方が死ぬと、残りも一週間以内にあとを追うということである。のちにミントン夫妻に死が訪れたとき、二人はほとんど一秒の間もおかずに死んだ。

42 アフガニスタン向けの自転車

飛行機の後部には小さなバーがあるので、わたしは喉をうるおしに出かけた。そこでわたしは、また一組のアメリカ人夫婦と知りあいになった。イリノイ州エヴァンストンの住人、H・ロウ・クロズビーと、夫人のヘイズルである。

年かっこうは五十代のどっしりしたカップルで、二人ともよくひびく鼻声で話した。クロズビーはわたしに、シカゴで自転車工場を経営していると話した。だが雇い人のほうが偉いご時世では、何の利益にもならない。だから人情のあついサン・ロレンゾへ工場を移すことにしたのだという。

「サン・ロレンゾのことはよくご存じなんですか？」と、わたしはきいた。

「見るのはこれがはじめてだが、聞いたことで気にくわんことはないね」と、H・ロウ・クロズビー。「あそこの人間には規律がある。長年たっても変らないものを持ってるな。国民がみんな、今まで聞いたこともないようなとんでもない*ちびっちょ*になることを奨励している政府があるが、そんなのじゃない」

「どういうことですか？」

「いいかい、シカゴじゃ自転車なんぞもう作っちゃいないんだ。人間関係ばかりさ。インテリどもはすわりこんで、みんなを幸福にする新しい方法を考えだそうと必死になってる。クビになんかできゃしないんだ、どんな理由があろうとな。もし誰かがまちがって自転車を作ろうものなら、労働組合はよってたかって、われわれを苛酷だの非人道的だのと非難する。政府は政府で、税金滞納を理由にその自転車を没収してアフガニスタンにいる盲人にくれてしまうんだ」

「サン・ロレンゾでは、そんなことはないと思いますか？」

「きまってるじゃないか。あそこの連中は、なまじ貧乏で小心で無知なだけに、すこしは常識というものを持ちあわせておるよ！」

クロズビーはわたしに、名前はなんだ、職業はなんだ、ときいた。こたえると、夫人のヘイズルはわたしの名がインディアナ名前であることに気づいた。彼女もまたインディアナ出身なのだった。

「驚いた」とヘイズルは言った。「あなた、インディアナっ子なのね？」

そうだ、とわたしはこたえた。

「あたしもそうなのよ」彼女は歓声をあげた。「インディアナっ子だって誰もはずかしがることはないのよ」

「はずかしがってなんかいませんよ。そんな人には会ったことがない」

「インディアナっ子はみんな立派にやってるわ。ロウとあたしは世界旅行を二度したけど、どこへ行ってもインディアナっ子は人の上に立っていたわ」

「安心しました」

「イスタンブールに今度できたホテルの支配人、ご存じ？」

「いいえ」

「その人がインディアナっ子なの。それから東京で会った陸軍なんとかの人……」

「武官だよ」彼女の夫はこたえた。

「その人もそう」とヘイズル。「それからユーゴスラビアの新しい大使……」

「インディアナっ子ですか？」

「まだいるわよ。ライフ誌のハリウッドの編集長。それからチリにいた……」

「それもインディアナっ子？」

「インディアナっ子が何かしていないところなんか、世界中さがしたってありませんよ」

「『ベン・ハー』の作者はインディアナっ子でしたね」

「それから、詩人のジェームズ・ホイットコム・ライリーも」

「あなたもインディアナの出身ですか？」わたしは彼女の夫にきいた。

「いいや。大草原州《プレイリー》の出だ。〝リンカンの土地〟と言うな（ケンタッキー州）」

「そうそう」ヘイズルは勝ち誇ったように言った。「リンカンだってインディアナっ子だわ。スペンサー郡で大きくなったんですもの」

「そうだ」と、わたしは言った。

「よくわからないけど、インディアナっ子には何かあるのね。リストでもこしらえたら、みんなびっくりするんじゃないかしら」

「そうでしょうね」

ヘイズルはわたしの腕を強くにぎりしめた。「あたしたちインディアナっ子は団結するべきだわ」

「そうです」

「〝ママ〟とあたしを呼んで」

「ええ？」

「インディアナの若い人に会うと、いつも言うのよ。〝ママと呼びなさい〟って」

「はあ」

「あなたが呼んでくれるのを聞きたいわ」

「ママ？」

ヘイズルはほほえんでわたしの腕を離した。それで何か時計じかけが一回りし終えるのだろう。「ママ」と呼んだことで区切りがつき、彼女はつぎに出会うインディアナっ子にそなえて、ぜんまいを巻きはじめていた。

ヘイズルがとりつかれているような、インディアナっ子に対する連帯感は、まちがった〈カラース〉の典型である。らしく見えても、神がそうあらしめている物事との関連においては、無意味なのだ。ボコノンが〈グランファルーン〉と名づけたものの典型だろう。〈グランファルーン〉のほかの例としては、共産党、アメリカ愛国婦人団体、ジェネラル・エレクトリック社、国際秘密共済組合——そして、あらゆる時代のあらゆる大陸のあらゆる国家がそうである。

ボコノンはわたしたちに、こう歌おうと呼びかけている。

　　グランファルーンを見たいなら
　　風船の皮をむいてごらん

H・ロウ・クロズビーは、独裁政治も時によってまた好ましいという意見の持主だった。彼は不愉快な男でもなかったし、馬鹿でもなかった。この男が世界に対して取る剽《ひょう》軽《きん》ないなか者といった態度は、クロズビーには似つかわしかった。だが、無節操な人類について彼が口にする多くのことは、おかしいばかりでなく真実そのとおりだった。

ただ、持ちまえの理性やユーモア感覚がいつとはなしに消えてしまう大きな論点が一つあり、それは、地上に生を享けているあいだ人は何をすべきかという問題なのだった。人は誰しも彼のために自転車を作らねばならない、とかたく信じているのである。

「サン・ロレンゾが、あなたの耳にしたとおりだと嬉しいですね」と、わたしは言った。

「そうかそうでないかは、たった一人にきけばわかるよ」とクロズビーは言った。「あの小さな島にあるもので、〝パパ〟モンザーノが保証するものは、みんなそのとおりなんだ。今も、これからも」

「みんな英語を話すでしょう、キリスト教徒でしょう、それが好きだわ」とヘイズル。

「問題が少なくなるから」

「あそこでは、犯罪をどう処理するか知ってるかい？」

「いいえ」

「犯罪なんてものはないのさ。〝パパ〟モンザーノが犯罪を徹底的に割にあわなくしたんで、考えるだけでも反吐が出るようになってる。歩道のまん中に札入れを置く、一週間たって来ても中身ごとそのまんま、ちゃんとそこにあるんだそうだよ」

「フム」

「泥棒をしたときの罰は何だと思う？」

「さあ」

「鉤《かぎ》吊りさ。罰金でもないし、保護監察でもないし、三十日間の拘留でもない。鉤吊りなんだ。盗んでも、殺しても、火をつけても、反逆しても、暴行しても、覗きをやっても、みんな鉤吊りだ。法を犯す——どんなつまらん法でも——鉤吊りだよ。それなら誰にだってわかる。よってサン・ロレンゾは、世界中で国民がもっとも行儀のいい国だ」

「鉤吊りとは？」

「まず絞首台みたいなものをつくる。二本の柱に横木をわたしたやつだ。そうして、大きな鉄の釣針を持ってきて横木からつりさげる。それができたら、法律を破るようなことをした間抜けを引っぱってきて、そいつの横っ腹に鉤のとっ先をつきとおす、そうして手を離す——ぶらんとぶらさがって、あわれな犯罪人、一丁できあがりだ」

「よくまたそんなことを！」

「いいとはいわんよ、わしは。だが悪いとも言わん。そういったものを使えば、少年犯罪もなくなるんじゃないかと思ったりする。民主社会には鉤吊りはちょっと過激かもしれん。公開絞首刑のほうが、まだましだろう。車を盗んだ小僧を二、三人、家の前の街灯につるして、首に札《ふだ》をかけておくんだ。〝ママ、おたくの坊やですよ〟って書いてね。二、三回やるうちには、イグニッション・キーも、むかしの車のランブル・シートやステップとおんなじようになるよ」

「ロンドンの蠟人形館の地下で見たわね、あたしたち？」とヘイズルが言った。

「何をですか？」と、わたし。

「鉤よ。地下の〈恐怖の部屋〉に、鉤から吊るされた蠟人形があったわ。あんまり真に迫っているものだから、食べたものを戻しそうになったくらい」

「ハリイ・トルーマンはハリイ・トルーマンみたいじゃなかったな」とクロズビーが言った。

「何ですか、それは？」

「蠟人形だよ。トルーマンの像はあまり似てなかったんだ」

「たいてい似ていたじゃない、でも」とヘイズル。

「鉤からつるされていたのは、いわれのある人なんですか？」わたしはヘイズルにきいた。

「さあ、どうかしら。何でもない人でしょ」

「たんなる見本ですか？」

「そうだわね。黒いビロードのカーテンがはってあって、それをあげないと見えないようになっているのよ。カーテンに注意書きがとめてあって、子供たちは見てはいけないって書いてあったわ」

「ところが子供も見るんだな」とクロズビー。「子供が来ていて、みんな見るんだよ」

「あんな札《ふだ》、子供には猫のまたたびと同じだわ」

「ぶらさがっている人間を見て、子供たちはどうですか？」

「あら。普通よ。おとなと同じ。ただ見て、なんにも言わずに、つぎの場所へ動いていたわ」

「つぎは何でした？」

「鉄の椅子で生きたまま焼き殺された男だった」とクロズビーが言った。「自分の息子を殺したかどで焼き殺されたんだ」

「処刑が終ったあとでね」とヘイズルがおだやかに言った。「息子を殺していなかったことがわかったんですって」

44 共産党シンパ

例の〈デュプラス〉、クレアとホーリック・ミントン夫妻のとなりのシートに戻ったとき、わたしは二人について新しい知識を仕入れていた。クロズビー夫妻から聞いたのである。

クロズビー夫妻は、ミントンと面識こそなかったが、評判は伝え聞いており、ミントンが大使に就任したことを憤っていた。クロズビーたちの説明によれば、ミントンは共産主義に対して手ぬるいという理由で国務省から一度解任されており、その後、政府内部の共産主義者の手で復職したのだという。

「奥に居心地のいいバーがありますよ」腰をおろしたところで、わたしはミントンに言った。

「フム？」二人は相変らずあいだに広げた原稿を読んでいた。

「奥にいいバーがあります」

「ほう。それは嬉しい」

わたしとの会話に興味がないらしく、二人は目を離さない。と、とつぜんミントンがにが笑いをうかべながら、わたしにたずねた、「誰ですか、あれは？」

「誰って？」

「バーであなたが話していた男です。何か飲みたいと思って行ったんですよ、わたしたち。ところが、すぐ外まで来ると、あなたとあの男の話し声が聞えました。あの男があまり大声だものだから。わたしを共産党シンパだとか言っていたようですね」

「H・ロウ・クロズビーという自転車工場の経営者です」わたしは顔があからむのをおぼえた。

「わたしはペシミズムでクビにされたんですよ。共産主義とは関係ありません」

「夫をクビにしたのは、わたしなんです」とミントン夫人がいった。「この人の前に提出された証拠物件というのは、わたしがパキスタンからニューヨーク・タイムズに出した投書だけなんですもの」

「内容は？」

「いろんなことを書いたわ。動転していたから。アメリカ人は、別の立場に立つ、別の立場に立ってそれを誇りに思うということがわからないの。それに気がついて」

「なるほど」

「ところが、忠誠審査局の審問では、一つの文章にばかりこだわるんですよ」ミントンはため息をついた。「〝アメリカ人は〟」とミントンは、タイムズにのった妻の投書を引用した、「〝ありえない愛のかたちを、それがあるはずのない場所で永遠に捜し求めているのです。消えた辺境《フロンティア》と、それは何か関係があるのかもしれません〟」

45 なぜアメリカ人は憎まれるか

クレア・ミントンの投書は、マッカーシー上院議員全盛の時代にタイムズに掲載された。彼女の夫は、手紙が印刷されて十二時間後に解任された。

「その手紙のどこがそんなにいけないのです?」と、わたしはきいた。

「反逆の最高のかたちは」とミントンは言った。「どこへ行っても、何をしても、アメリカ人は愛されてはいないのだ、と口に出して言うことですよ。アメリカの外交政策は、愛を空想するよりも、まず憎悪を認めるべきだとクレアは言おうとしたのです」

「アメリカ人はあっちこっちで憎まれているようですね」

「どこの国民でも憎まれることはありますよ。クレアは投書でこう指摘したんですよ。アメリカ人は憎まれているが、それは一国家の国民として当然の科料を支払っていることで、それを免除されると思うのは大間違いだ。ところが忠誠審査局は、そんなことは気にもとめようとしない。アメリカ人は愛されていないと、わたしたち二人が思っていることだけを問題にするのです」

「でもハッピー・エンドでよかったですね」

「フム？」とミントン。

「めでたしめでたしでしょう。こうして大使館へ赴任なさる途中なんですから」

ミントンとその妻は、ふたたび〈デュプラス〉特有のあの眼差しを交した。やがてミントンは言った、「そう。虹の終りにある黄金の壺が、やっとわたしたちのものになりました」

46　ボコノン教風皇帝料理法

わたしはミントン夫妻と、フランクリン・ハニカーの法律的立場について話しあった。

〝パパ〟モンザーノの政府の大立者ではあるが、それでもやはり合衆国の逃亡犯には違いないのだ。

「それは済んだことです」とミントンは言った。「もう合衆国市民でもない。それに、行った先で善行を施しているんだから、問題はないでしょう」

「市民権を放棄したんですか？」

「誰でも、他国に忠誠を誓ったり、そこの軍隊に籍を置いたり、そこの政府の雇用に応じたりすれば、市民権を失いますよ。旅券を読んでごらんなさい。新聞漫画そこのけの国際的大冒険をフランクみたいにやったあとで、まだ合衆国政府《アンクル・サム》が世話をしてくれると思ったって、そうはいきません」

「サン・ロレンゾでは、フランクの評判はいいんですか？」

ミントンは、妻と二人で読んでいた分厚い原稿を両手で持ちあげた。「さあ、どうですか。この本では、否定的ですがね」

「何です、その本は？」

「サン・ロレンゾについて今までに書かれた唯一の学問的な本です」

「学問的みたいな本ね」とクレアが言った。

「学問的みたいな本です」とミントンは口まねした。「まだ発売されていません。コピーが五部だけあって、その一つです」とわたしに本をよこし、好きなだけ読むようにとすすめた。

扉のページをあけると、本の題名があった。『サン・ロレンゾ――その国土、歴史、国民』で、著者はフィリップ・キャッスル。わたしがこれから会う偉大な愛他主義者ジュリアン・キャッスルの一人息子、ホテルの経営者である。

わたしは、本が自然にひらくままにページをあけた。あいたところは、ちょうど、島の追放された聖者ボコノンにふれた章だった。

目の前のページには、『ボコノンの書』からの引用がある。その語句がわたしの心にとびこみ、ぴったりそこにおさまった。

イエスの言葉「されば皇帝《カエサル》のものは皇帝《カエサル》におさめよ」をやさしく言いかえたものである（新約聖書マルコ伝十二・十三〜十七）。

ボコノンの言いかえはこんなふうだった。

「皇帝なんぞ気にするな。世の中が本当はどうなってるかなんて、皇帝はなんにも知っちゃいないのだから」

47 動的緊張

フィリップ・キャッスルの本に熱中してしまったので、機がプエルト・リコのサン・ファンに十分間の着陸をしたときも、わたしは目をあげようとさえしなかった。うしろにいる誰かが興奮した声で、こびとが乗ってきたとささやいたが、それにさえ目をあげなかった。

ややあって、こびとの姿をさがしたが、そのときにはもう見えなかった。ただ、ヘイズル、H・ロウ・クロズビー夫妻のすぐ前のシートにいる馬面のプラチナ・ブロンドの女は、乗客名簿に新しく加わった客だった。彼女のとなりのシートがあいているように見える。ここからでは、頭のてっぺんさえ見えないが、こびとがすわっていそうなシートだった。

しかし、そのときわたしの心をとらえていたのは、サン・ロレンゾ――その国土、歴史、国民――のことだった。だから、強いてこびとをさがそうとはしなかった。こびとなど何にせよ、ふまじめなときか退屈なときの気晴らしにすぎない。わたしは胸おどらせながら、ボコノンが〝動的緊張〟と名付けた理論に取りくんでいた。善と悪とが均衡を保っている、そのかけがえなく貴重な状態を、彼はそう呼んだのである。

〝動的緊張〟の語をはじめてフィリップ・キャッスルの本のなかに見出したとき、わたしはよくできた冗談だと勘違いして笑いだした。キャッスルによれば、ボコノンのお気に入りの用語であるという。ボコノンは知らないのだ、とわたしは思った。それは、通信教育のボディビル学校創立者チャールズ・アトラスによって巷間に流布された用語と同じものだったからである。

斜め読みしていくうちにわかったのだが、ボコノンはチャールズ・アトラスをちゃんと知っているのだった。事実ボコノンは、そのボディビル学校の卒業生だったのである。バーベルやエクスパンダーを使わなくても、筋肉はその一組を別の一組にぶつけあわせるだけでたくましくなるというのが、チャールズ・アトラスの信念なのである。

よい社会は、悪に善をぶつけ、両者のあいだの緊張を常に高めておくことで築けるというのが、ボコノンの信念であった。

キャッスルの本で、わたしははじめてボコノン教の詩、すなわち「カリプソ」に接することになった。それは、こんなふうだった。

〝パパ〟モンザーノはわるいやつ
だけど〝パパ〟がいなければ
おれはきっと悲しいだろう

だって、悪者の〝パパ〟なしで
このごろつきのボコノンが
善人面《づら》できるわけがない

48 まるで聖オーガスティンみたい

キャッスルの本から得た知識によると、ボコノンは一八九一年に生まれた。出生地はトベーゴ島、イギリス国籍のニグロで、家の宗教は監督教会派であった。

彼は、ライオネル・ボイド・ジョンスンと名づけられた。

家は豊かで、彼は六人兄弟の末っ子だった。一家の財産は、ボコノンの祖父が掘りあてた二十五万ドル相当の海賊の秘宝の上に築かれた。おそらくあの海賊〝黒ひげ〟エドワード・ティーチが埋めたものであろうといわれる。

ボコノンの一家は〝黒ひげ〟の秘宝を、アスファルト、コプラ、カカオ、家畜、家禽などに再投資した。

若きライオネル・ボイド・ジョンスンは、監督教会派の学校で教育を受けた。成績は優秀だったが、何にもまして興味を持ったのは、教会の儀式だった。しかし青年時代のボコノンは、組織化された宗教の外面的な装飾へいちじるしい関心を示す一方、相当な遊び人であったらしい。なぜなら彼は自作の「カリプソ第十四番」を、こう歌おうとわたしたちに呼びかけているからだ。

昔のおれは陽気なあくたれ
酒はくらうし女の尻は追いまわす
まるで若いころの
聖オーガスティンみたい
聖オーガスティン
やつは聖者になったんだ
おれももしかして、なるんだから
ねえ、ママ、気絶しないで

49 海が怒って放りだした一ぴきの魚

ライオネル・ボイド・ジョンスンの知識欲にはなみなみならぬものがあり、一九一一年には、レイディーズ・スリッパーと名づけたスループ（一本マストの帆船）で、単身トベーゴからロンドンへと出帆した。目的は、より高度の教育を受けるためだった。

ジョンスンは、ロンドン大学政治経済学部に入学した。

学業は、第一次世界大戦の勃発で中断された。ジョンスンは歩兵隊にはいり、勲功をたてて戦地で将校に任命され、殊勲報告には四回名があげられた。そしてイープルの二度目の戦いで毒ガスにやられ、二年間の入院生活ののち退役となった。

これを機に、彼はふたたび単身レイディーズ・スリッパーに乗り、今度は故郷のトベーゴへと船出した。

故郷まであと八十マイルというとき、ドイツの潜水艦U－99が彼の船をとめ、乗組員が船内の捜索に乗りこんできた。彼は捕虜となり、持船はドイツ兵の射撃演習に供せられた。その後、潜水艦は浮上航海を続けたが、イギリスの駆逐艦レイヴンの奇襲攻撃にあって捕獲された。

ジョンスンとドイツ人たちが駆逐艦に引きあげられると、U－99は沈められた。

レイヴンは地中海へむけて航海中だったが、そこへはついに行きつかなかった。操舵装置が故障してしまったからである。それは、ただ海上をあてもなく進むか、巨大な時計回りをえんえんと続けるだけであった。やがて艦は、ケープ・ヴェルデ諸島にたどりついた。

西半球へむかう輸送機関の到着を待ちわびながら、ジョンスンは八カ月間、その島々で暮した。

そしてついに、ある小さな漁船の乗組員の職にありついた。マサチューセッツ州ニュー・ベドフォードへ密入国者を運ぶのが本当の目的だったその船は、航海中、嵐にあい、ロード・アイランド州ニューポートの海岸にうちあげられた。

そのころにはジョンスンは、一つの信念を持つにいたっていた。何かがある目的で自分をどこかへ行かせようとしているらしい。ニューポートにしばらくとどまり、その地に自分の運命があるのかどうか見定めようとした。彼は、有名なラムファード家の地所で、庭師兼大工として働きはじめた。

この時期、ジョンスンはラムファード家をおとずれる多くの客を見たが、そのなかにはJ・P・モーガン、ジョン・J・パーシング将軍、フランクリン・デラノ・ローズヴェルト、エンリコ・カルーゾ、ウォレン・ガメイリエル・ハーディング、ハリー・フーディニなどの名士がいた。また第一次大戦が、一千万の死者と、二千万の重軽傷者（ここには、ジョンスンも含まれる）を出して終結したのも、このころであった。

戦争が終ると、ラムファード家の若い放蕩者レミントン・ラムファード四世が、そのスティーム・ヨット、シヘラザードで、スペイン、フランス、イタリー、ギリシャ、エジプト、インド、中国、日本をめぐる世界一周航海を計画した。ラムファードはジョンスンを一等航海士に勧誘し、ジョンスンはそれに応じた。

ジョンスンはその航海でさまざまな世界の驚異をまのあたりにした。

シヘラザードは霧のためボンベイ港で衝突事故にあい、ジョンスンだけが生き残った。彼はインドで二年間暮し、モハンダス・K・ガンディーの同調者となった。だが、イギリスの支配に抗議して線路に坐る一団を指揮したため、逮捕された。服役期間がすぎると、彼はイギリス政府の経費でトベーゴ島の生家におくりかえされた。

その地で、彼はまた一隻のスクーナー（二本以上のマストを持つ帆船）を建造し、レイディーズ・スリッパー二世と名づけた。

彼はスクーナーに乗ってカリブ海を気ままに航海した。本来の運命へおのれをみちびく嵐を待つ気ままな旅人であった。

一九二二年、ジョンスンはハリケーンを逃れて、ハイチのポール・トー・プランスに入港した。ハイチには当時、アメリカ合衆国海軍が進駐していた。

ジョンスンはその地で、才気に富んだ海軍脱走兵であり、独学の理想主義者であったアール・マッケーブと知りあいになった。マッケーブは伍長で、中隊のリクリエーション用積立て金を持ち逃げしてきたところだった。ジョンスンは、マッケーブをマイアミへ送る代金として五百ドル受けとった。

二人はマイアミへむけ出航した。

だがスクーナーは暴風のため、サン・ロレンゾの岩礁にのりあげてしまった。船は沈み、ジョンスンとマッケーブはすっぱだかのまま、やっと陸地に泳ぎついた。ボコノン自身の言葉によるその冒険のいきさつは――

海が怒って放りだした
魚が一ぴき
息たえだえで陸《おか》にあがり
おれはやっとおれになった

見知らぬ島にはだかで打ちあげられるという、この神秘なできごとにジョンスンは魅了された。彼はこの冒険をとことんまで追求することにした。海中からはだかで現われた男が、どこまでやっていけるものか試すことにしたのである。

彼にとって、それは復活であった。

赤んぼでいなさいと
聖書は言う
だから今日まで
赤んぼなんだ

彼がボコノンの名になった理由は、きわめて単純である。〝ボコノン〟とは、この島の英語の方言でジョンスンを発音したものなのだ。

その方言だが……

サン・ロレンゾの方言は、聞いて理解するのがやさしい一方、書きうつすのはむずかしい。やさしいといま言ったが、これはわたし個人の言である。ほかの人たちには、バスク語と同じくらいちんぷんかんぷんなのだ。おそらくわたしの理解は、テレパシー的なものなのだろう。

フィリップ・キャッスルは本のなかで、実例をあげて方言の発音法を紹介しており、その特色をみごとにとらえている。彼が選んだのは「キラキラ、星よ」のサン・ロレンゾ版である。

この不滅の詩の一つの形は、アメリカ英語ではこうなる。

Twinkle, twinkle, little star,
How I wonder what you are,
Shining in the sky so bright,
Like a tea tray in the night,
Twinkle, twinkle, little star,
How I wonder what you are.

キャッスルによれば、サン・ロレンゾの方言で発音した同じ詩は、こうなる。

ツヴェンキウル、ツヴェンキウル、レットプール・ストア、
コー・ジャイ・ツヴァントゥーア・バット・ヴー・ヨア、
プット・シニク・オン・ロー・シー・ゾー・ブラート、

カム・ウーン・ティートロン・オン・ロー・ナート、ツヴェンキウル、ツヴェンキウル、レットプール・ストア、コー・ジャイ・ツヴァントゥーア・バット・ヴー・ヨア。

ところで、ジョンスンがボコノンになってまもなく、こわれた船に積んであった救命ボートが海岸で発見された。そのボートはのちに金色に塗られ、島の最高支配者のベッドになった。

「ボコノンが作った伝説によれば」とフィリップ・キャッスルは本に書いている、「世界の終りが近づくとき、その黄金のボートはふたたび海にうかぶということである」

50 感じのいいこびと

ボコノンの伝記は、H・ロウ・クロズビー夫人のヘイズルが来たので、読みかけたままになった。ヘイズルはわたしのわきの通路に立って言った、「信じないでしょうけれど、この飛行機のなかに、もう二人インディアナっ子がいるのよ」

「まさか」

「生粋のインディアナっ子じゃないんだけど、今はそこに住んでいるの。インディアナポリスに」

「へえ、そうですか」

「お会いになる？」

「会ったほうがいいと思いますか？」

その質問に、ヘイズルはとまどったような顔をした。「二人とも、あなたの同郷人よ」

「名前はなんと言うんですか？」

「女の人はコナーズ、男の人はハニカー。姉さんと弟さん。彼のほうは、こびとなの。でも感じのいいこびとだわ」ヘイズルはウィンクした。「スマートな小さな人」

「ママと呼んでくれますか？」

「それがね、口まで出かかったのよ。でも、やめたわ。こびとにそんなこと言ったら失礼かもしれないでしょ」

「考えすぎですよ」

51 オーケイ、ママ

というわけで、わたしは後部に行き、わたしの〈カラース〉のメンバー二人、アンジェラ・ハニカー・コナーズとこびとのニュートン・ハニカーに話しかけた。

アンジェラは、わたしがさっき見た馬面のプラチナ・ブロンドだった。

ニュートンは、なるほど、非常に小さな青年だった。しかし醜怪ではなかった。ブロブディングナグ国に来たガリヴァーみたいに見事につりあいがとれていて、油断なく周囲を見まわすところも、またガリヴァーだった。

彼の両手には、シャンペンのグラスがある。代金は、切符の値段にはいっているのだ。彼にとってそのグラスは、正常人が金魚鉢を持つくらいの大きさだった。だが、楽々と上品にグラスから飲んでいた――まるで、これ以上似合いの取り合わせはないみたいに。

このときも、このちびの大たわけとぶすの姉は、アイス・ナインの結晶を入れた魔法びんをそれぞれ手荷物にまぜこんで、ちゃんと持っていたのである。そして足元には、神の所有する豊かな水――カリブ海があったのだ。

インディアナっ子とインディアナっ子を対面させ、ひととおり楽しんでしまうと、へイズルはわたしたちを置いて行ってしまった。立ち去るとき、彼女はこう言った、「今度から、あたしをママと呼びなさい、いいわね」

「オーケイ、ママ」と、わたしは言った。

「オーケイ、ママ」とニュートは言った。声は、小さな喉にふさわしくかなり高い。だが彼は、はっきり男性とわかるようにうまく発声した。

アンジェラにはニュートはいつまでたっても子供だった——ニュートは姉のそういう扱いを、こんな小さな人間からは想像もつかないような、やさしさと思いやりをもって許していた。

ニュートとアンジェラはわたしを覚えていて、わたしが書いた手紙を覚えていて、三つ並んだシートの空いている一つにすわるように勧めた。

アンジェラはわたしの手紙に返事を出さなかったことを詫びた。

「本にしてもおもしろいようなことを思いつかなかったから。あの日のことを書こうと思えば書けたかもしれないけど、あなたがほしがるような話じゃないと思って。ほんとう言って、いつもの日と同じだったわ」

「弟さんの手紙は参考になりましたよ」

アンジェラは驚いた顔をした。「ニュートが？　ニュートが何を覚えてるんでしょう！」彼女は弟に向いた。「坊や、あなたはなんにも覚えてなんかいないわね、あの日のこと？　赤んぼだったじゃない」

「覚えてるよ」とニュートはおだやかに言った。

「その手紙見ればよかったわ」アンジェラの言葉には、ニュートは外の世界と接触するにはまだおさなすぎるというほのめかしがあった。アンジェラは、おそろしく感受性に乏しい女で、ニュートにとって小さなことがどんな意味を持つかなどまったく気づいていないのだった。

「坊や、そういう手紙は姉さんに見せるのよ」と彼女は叱った。

「ごめんね」とニュート。「忘れてたんだ」

「これは、お話ししておいたほうがいいと思うわ」彼女はわたしに言った。「あなたに協力してはいけないって、ブリード先生から連絡があったの。あなたは、父を正しく描くことには興味なさそうだからって」だから、あなたは気にくわないという態度の表明である。

いずれにしても本は完成しそうもない、意図も意味もよくわからなくなってしまった——そういって、わたしは彼女のご機嫌をいくぶんか直した。

「でも、もし本を書くのだったら、父は聖人にしたほうがいいと思うわ。だって、そうだったんだもの」

できるかぎりそのように描こう、わたしはそう約束し、サン・ロレンゾのフランクに会いに行くのかとたずねた。

「フランクは結婚するのよ」とアンジェラ。「婚約パーティに行くところ」

「ほう？　それで、幸運な娘さんは、どんなかたですか？」

「写真があるわ」アンジェラはハンドバッグから、プラスチック製のアコーディオンみたいなものがはいっている紙入れを取りだした。アコーディオンのひだには、写真がある。アンジェラはぱらぱらとそれをめくり、さまざまな情景をわたしにかいま見せた。ケープ・コッドの海岸にいるニュート坊や、ノーベル賞を受けるハニカー博士、アンジェラの不器量な双子の娘、針金につけた模型飛行機をとばすフランク。

そして、つぎに見せたのが、フランクがこれから結婚する娘の写真だった。

アンジェラがわたしのわき腹を一撃していたら、これと同じくらい効果があったかもしれない。

見せられた写真には、わたしの愛する女、モナ・アーモンズ・モンザーノが写っていたのだ。

ひとたびプラスチックのアコーディオンをあけてしまうと、写真を一枚あまさず見せたいのだろう、アンジェラはなかなか閉じようとしなかった。

「あたしの大好きな人たち」と誇らしげに言うのだった。

わたしは彼女の大好きな人たちを見ていった。琥珀に包まれた甲虫の化石さながら、プレキシガラスのなかに捕えられて、わたしの〈カラース〉のメンバー大半の姿が、そこにあった。

原爆の父、三人の子の父、アイス・ナインの父、ハニカー博士の写真が多い。こびとと大女の父親とされているその人物は、小柄だった。

アンジェラの化石コレクションで、わたしがいちばん気に入った博士の写真は、冬のさなか、オーバー、えり巻、オーバーシューズ、大きな玉房がある毛糸の帽子と、防寒服でぶくぶくになっているところを写したものだった。

52 痛くない

これは、死のほんの三時間ほど前、ハイアニスでとったのだ、とアンジェラはとぎれがちな声で説明した。ある新聞社のカメラマンが、一見クリスマスの妖精みたいなこの人物をあの偉大な科学者と見抜いたのだという。

「病院でなくなられたんですか？」

「とんでもない！　別荘。海のほうに向いた大きな白い籐椅子のうえ。ニュートとフランクは、雪の降る海岸に散歩に出ていて……」

「すごく暖かい雪だったんですよ」とニュートは言った。「オレンジの花のなかを歩いてるみたいなんだ。おかしな感じなんだなあ。ほかの別荘には、誰もいなくて……」

「暖房装置がついているの、家《うち》だけだったものね」とアンジェラ。

「何マイルも先まで人っ子ひとり見えないんだ」ニュートは、あのときの驚きを思いかえすように言った。「フランクとぼくが海岸へ出ると、大きな黒い犬、ラブラドール犬がいるんですよ。ぼくたちが、海に棒をなげると、そいつがくわえてもどってくる」

「あたしは、クリスマス・ツリーにかざる豆電球をもっと買おうと思って、村へ出かけていたの。ツリーは毎年飾る習慣だったから」

「クリスマス・ツリーがお好きだったんですか、おとうさんは？」

「ついぞ言ったことなかったな」とニュート。

「好きだったと思うわ。自分の気持をはっきり出さなかっただけよ。そういう人いるでしょう」

「そうでない人もいるよ」とニュートは言い、ちょっと肩をすくめた。

「それはそれとして。あたしたちが家に帰ってくると、父は椅子にすわっていたわ」アンジェラは首をふった。「苦しみは、きっとなかったと思うわ。まるで眠っているみたいだったもの。すこしでも痛かったら、あんな顔はしていないんじゃないかしら」

彼女は物語の興味深いある部分を話さなかった。その同じクリスマス・イヴに、彼女とフランクとニュートの三人で、父親のアイス・ナインを分けあったことを話さなかった。

53 ファブリ・テックの社長

アンジェラは写真の続きを見るようにうながした。

「それ、あたしよ。そう見えないかもしれないけど」彼女は身の丈六フィートの少女を見せた。写真のなかのアンジェラは、クラリネットを持ち、イリアム・ハイスクール・バンドの行進ユニフォームを着ていた。髪は結いあげられ、楽隊員の帽子のなかに隠れている。その顔は、はにかんだ、感じのいい微笑をうかべていた。

つぎにアンジェラは、男をひきつけるものなど神から何も与えられなかったこの女は、夫の写真をわたしに見せた。

「これが、ご主人ですか」わたしはあっけにとられた。ハリスン・C・コナーズは、目のさめるほどハンサムな男で、その事実を充分わきまえているように見えた。コナーズはまた粋なドレッサーで、目のあたりには、ドン・ファンらしい、ものうげな恍惚の表情がうかんでいた。

「ご主──ご主人の仕事は何ですか？」と、わたしはきいた。

「ファブリ・テックの社長よ」

「エレクトロニクスか何か？」

「言えないわ、知っていたとしても。政府の秘密の仕事なのよ」

「武器か何か？」

「さあ、何にしても戦争のほうね」

「どんなきっかけからお知りあいになったのですか？」

「彼は、その前に父の研究所の助手だったの。それからインディアナポリスへ出て、ファブリ・テックを始めたわけ」

「とすると、あなたがたの結婚は、長いロマンスの末のハッピイ・エンディングなんですね?」

「とんでもない。あたしがこの世にいることを彼が気がついてたなんて、知りもしなかったわ。すてきな人だなと思ってたけど、彼のほうは知らん顔だったわ、ずうっと、父が死ぬまで。

ある日、彼がイリアムに立ち寄ったの。あたしはあの大きな古い家のなかでふさぎこんでいたわ、あたしの人生はもう終りだと思って……」アンジェラは、父親の死ののちのどうしようもなかった月日のことを話した。「あの大きな古い家のなかに、ニュートと二人だけよ。フランクは行ってしまっていたし、ニュートとあたしがどんな音をたてたって、幽霊のほうがその十倍もうるさいくらい。父の世話があたしの全生活だったでしょう、研究所へ送り迎えしたり、寒いときは着せたり、暑いときは脱がせたり、食事を作ったり、勘定を払ったり、それが急に、することがなくなってしまったんですもの。親しい友だちなんかいなかったわ、自分の気持を打ちあける相手といえば、ニュートひとり。

そこへ、ドアのノックがあって——立っていたのが、ハリスン・コナーズ。今まで、あんなに美しい人、見たことがなかったような気がしたわ。彼ははいってきて、二人で、父が死ぬまえのことや昔のことをいろいろと話したわ」

アンジェラは泣きそうだった。

「二週間後に、あたしたち結婚したの」

54　共産党員、ナチ党員、王党員、落下傘部隊員、そして徴兵忌避者

モナ・アーモンズ・モンザーノをフランクに奪われ、しょんぼりして機内の自分のシートに戻ると、わたしはフィリップ・キャッスルの原稿をもう一度手にとった。**モンザーノ**、**モナ・アーモンズ**を索引で捜すと、**アーモンズ**、**モナ**を見よとあった。

わたしは、**アーモンズ**、**モナ**を見た。そこには、〝パパ〟モンザーノと同じくらいたくさんの参照ページ番号が並んでいた。

アーモンズ、**モナ**のあとには、**アーモンズ**、**ネスター**があった。わたしはネスターについて書かれたいくつかのページをあけ、彼がモナの父であり、フィンランド人であり、建築家であることを知った。

ネスター・アーモンズは第二次大戦中、ロシア人の捕虜になり、ドイツ人によって救い出された。だが故国へは帰されず、強制的にドイツ軍の技術部隊に配属され、ユーゴ

スラビアの対パルチザン戦に送りだされた。そこで王党派のセルビア人パルチザン、チェトニーク部隊員に捕えられ、ついでそのチェトニーク部隊を襲撃した共産党のパルチザンに捕えられた。だがイタリアのパラシュート部隊の奇襲攻撃があり、彼は救い出されて、イタリアへ船で送られた。

イタリア人は、彼をシチリアの要塞設計の仕事につけた。彼はシチリアで漁船を盗み、中立国ポルトガルにたどりついた。

その地で、彼はアメリカ人の徴兵忌避者ジュリアン・キャッスルと出会った。

アーモンズが建築家であることを知ると、キャッスルは、サン・ロレンゾ島へいっしょに来ないかと誘った。

将来〈ジャングルの希望と慈悲の館〉と呼ばれることになる病院を設計してくれと言うのだった。

アーモンズは承諾した。彼は病院を設計し、シリアという名の現地の女と結婚し、完璧な娘を一人もうけ、そして死んだ。

55 自著に索引を付すなかれ

アーモンズ、モナの項では、彼女にふりかかったさまざまな対立する力とそれに失望した彼女のさまざまな反応とが入り混って、索引じたいが、一つのごたごたした超現実的なモナ像を描いていた。

「**アーモンズ、モナ**」と索引にはあった、「モンザーノの人気を高める手段に使われ、その養女となる、一九四—一九九、二一六n／〈希望と慈悲の館〉での閉ざされた幼年期、六三—八一／P・キャッスルとの幼いロマンス、七二f／父の死、八九ff／母の死、九二f／国民的なエロスの象徴としての役割に悩む、八〇、九五f、一六六n、二〇九、二四七n、四〇〇—四〇六、五六六n、六七八／P・キャッスルとの婚約、一九三／本質にあるナイヴテ、六七—七一、八〇、九五f、一一六n、二〇九、二七四n、四〇〇—四〇六、五六六n、六七八／ボコノンとの生活、九二—九八、一九六—一九七／彼女をうたった詩、二n、二六、一一四、一一九、三一一、三一六、四七七n、五〇一、五〇七、五五五n、六八九、七一八ff、七九九ff、八〇〇n、八四一、八四六ff、九〇八n、九七一、九七四／自作の詩、八九、九二、一九三／モンザーノのもとに帰る、一九九／ボコノンのもとに帰る、一九七／ボコノンから逃れる、一九九／モンザーノから逃れる、一九七／エロスの象徴と見られるのを嫌い、自分を醜くしようとする、八〇、九五f、一一六n、二〇九、二四七n、四〇〇—四〇六、五六六n、六七八／ボコノンから教育を受ける、六三—八〇／国際連合へ投書する、二〇〇／シロホンの名手、七一」

わたしは索引のこの項をミントン夫妻に見せ、これだけでも魅力的な伝記——自分がいやでしかたがない愛の女神の伝記——になっているとは思わないかときいた。かえってきたのは、人生にはこんなことがときたまあるものだが、意外に専門的な答えだった。クレア・ミントンは、むかしプロの索引作成者だったらしいのだ。それは、わたしがはじめて聞く職業だった。

彼女の索引作成の収入で夫がカレッジを卒業したこと、収入がよかったこと、索引作りのうまい人間が少ないこと、そういったことをミントン夫人は話した。

自分の本に索引をつけるのは素人作家のすることだ、とも言った。フィリップ・キャッスルの本についてはどう思うか、とわたしはたずねた。

「作者はいい気持でしょうけれど、読者を馬鹿にしてますわ。むずかしく言えば、自己満足ね」専門家らしい機知を見せて、夫人は意見を述べた。「作者が自分の本に索引をつけているのなんか見ると、まごまごしてしまうの」

「まごまごする？」

「楽屋裏の公開でしょう、作者のつけた索引なんて。恥をさらけだしてしまうのと同じですわ――訓練された目から見れば」

「索引から作者の性格を見抜けるんですよ、妻は」とミントンが言った。

「ほう?」と、わたし。「フィリップ・キャッスルはどうですか?」

夫人はかすかにほほえんだ。「人には言わないほうがよさそう」

「すみません」

「モナ・アーモンズ・モンザーノに恋していることは確かですわね」

「それは、サン・ロレンゾにいる人みんながそうでしょう」

「父親に対して複雑な気持を持っていますわね」

「それは、人間みんなそうですよ」わたしはやんわりと彼女をそそのかした。

「感情が不安定」

「そうでない人間がいますか?」と、わたしは問いかけた。そのときには知らなかったのだが、それは非常にボコノン教的な問いかけであったのだ。

「彼女とは結婚しません」

「なぜ?」

「言っていいことは、ここまで」

「人のプライバシーは尊重すべきだと思います。光栄です、あなたのような索引作成者とお会いできて」

「自分の本に索引はつけないこと」とミントン夫人は言った。

ボコノンは言う。いつ果てるともない恋のプライバシーのなかにある〈デュプラス〉は、一風変ってはいるが誤りのない洞察力を身につけ、育てる貴重な環境を与える。ミントン夫妻の老練な索引観察は、まさしくこの例に該当するだろう。また〈デュプラス〉は、いい気に思いあがっているものだ、ともボコノンは言う。ミントン夫妻のそれも、例外ではなかったようだ。

しばらくして、ミントン大使とわたしは、夫人のいるシートから離れた機内の通路で出会った。彼女が索引から知ったことをぜひとも尊重してほしい、とミントンはわたしに念を押した。

「キャッスルがなぜあの娘と結婚しないかわかりますか？　彼女を愛していて、彼女のほうも愛していて、二人ともいっしょに育っているのに」と彼はささやき声で言った。

「いや、わかりません」

「彼がホモだからですよ」とミントン。「あの索引からわかるんです、家内は」

56 自給自足のりすの檻

わたしは本を読みすすんだ。サン・ロレンゾの海岸にすっぱだかで打ちあげられた二人、ライオネル・ボイド・ジョンスンとアール・マッケーブ伍長を出迎えたのは、彼らよりはるかにひどい生活をしている人びとだった。サン・ロレンゾの民が所有しているものと言えば、治療法も名前もさっぱりわからないいろいろな病気だけだった。対照的に、ジョンスンとマッケーブには、読み書き能力、野望、好奇心、憎悪、不遜さ、健康、ユーモア、外世界についての相当な知識といった輝く財宝があった。

ふたたび「カリプソ」から——

おお、おれは見たんだ
かわいそうな人たちを
おお、歌もなければ
ビールもないのさ
すわりたくても
おお、どこもかしこも

キャッスル製糖か
カトリック教会の
土地なんだ

一九二二年のサン・ロレンゾでは、土地所有権は、フィリップ・キャッスルによると、正にこのとおりだったらしい。キャッスル製糖は、フィリップ・キャッスルの曾祖父が設立した。一九二二年には、同社は島の耕地をあますところなく所有していた。「キャッスル製糖のサン・ロレンゾ工場経営は、まったく何の利益も生みださなかった」と若きキャッスルは書いている。「しかし労働者に賃金をいっさい支払わないことで、会社は一年一年をどうにか切り抜け、労働者の虐待に従事するものたちに給与を支払えるだけの収入はあげていた。

島は無政府状態にあり、キャッスル精糖が何かを所有しようとしたり、何かを行なおうとするときだけ政治がしかれた。そういうときの政治は、封建制であった。貴族に相当するのはキャッスル製糖の農園監督たちで、彼らは全員が、武器に身を固めた外世界の白人であった。騎士《ナイト》は、原住民のうち羽振りのきくものたちで、彼らはわずかな褒美や他愛のない特権めあてに、命令されるまま人を殺したり、傷つけたり、苦しめたりした。一握りの肥え太った聖職者たちが、この悪魔的なりすの檻に生きる人びとの精神的な欲求を処理していた。

サン・ロレンゾ寺院は、一九二三年に爆破されたが、新大陸の驚異の人工物の一つとされている」とキャッスルは書いている。

57 胸のむかつく夢

マッケーブ伍長とジョンスンが、サン・ロレンゾで実権を握ることができたのは、奇蹟でも何でもない。多くの人間がサン・ロレンゾを支配し——みんな、島の支配がじつに簡単なことを知った。理由は単純である。神は、そのはかりしれぬ叡智をもって、島をまったく無価値に創りたもうていたからだ。

記録にあるサン・ロレンゾの最初の無意味な征服は、エルナンド・コルテスによってなされた。一五一九年、新鮮な水を求めて上陸してきたコルテスとその部下たちは、島を命名するとともに皇帝カルル五世の領土と宣言したが、二度と戻って来なかった。その後、遠征隊がいくつか、金、ダイヤ、ルビー、香料などを求めてやってきた。しかし何も発見できず、何人かの現地人に異端の名をきせ、おもしろ半分に焼き殺して、船出していった。

「一六八二年、フランスがサン・ロレンゾの領土権を主張したが」とキャッスルは書いている。「スペインから抗議は出なかった。一六九九年、デンマークがサン・ロレンゾの領土権を主張したが、フランスから抗議は出なかった。一七〇四年、オランダがサン・ロレンゾの領土権を主張したが、デンマークから抗議は出なかった。一七〇六年、イギリスがサン・ロレンゾの領土権を主張したが、オランダから抗議は出なかった。一七二〇年スペインがふたたびサン・ロレンゾの領土権を主張したが、イギリスから抗議は出なかった。一七八六年、アフリカのニグロがイギリス国籍の奴隷船を奪い、サン・ロレンゾに上陸し、サン・ロレンゾの独立——実体は、皇帝をいただいた帝国であった——を宣言したが、スペインから抗議は出なかった。

皇帝トゥムブンワは、島を、防衛の価値ありと見なした唯一の人間であった。トゥムブンワは狂人であり、サン・ロレンゾ寺院と、島の北岸にある途方もない要塞は、彼の命令で作られた。現在、要塞の内部は、共和国大統領の私邸となっている。

要塞は、攻撃を一度も受けたことがない。それればかりか、正気の人間で、要塞を攻撃する理由を思いついたものは一人もいない。第一、何も防衛していないのだから。建設期間中の死者は、一千四百人にのぼるという。その一千四百人のうち、およそ半数は、仕事に熱意がないことを理由に公開処刑されたと言われる」

キャッスル製糖は、砂糖ブームにわきたっていた第一次大戦のさなか、一九一六年にサン・ロレンゾにはいってきた。政府らしいものは存在していなかった。砂糖がこれだけ値上がりしている今なら、サン・ロレンゾの粘土と砂利の畑でも利益はたっぷりあがるだろうというのが、会社側の思惑だった。抗議はどこからも出なかった。

一九二二年にマッケーブとジョンスンが現われ、島の管理を宣言すると、キャッスル製糖は胸のむかつく夢から覚めたように、おとなしく引きさがった。

58 ひと味ちがう専制政治

「サン・ロレンゾの新しい征服者には、少なくとも一つ、真に新しい性格があった」と若きキャッスルは書いている。「マッケーブとジョンスンは、サン・ロレンゾをユートピアにしようと夢想したのである。

この目的達成のため、マッケーブは島の経済と法律をオーバーホールした。

ジョンスンは新しい宗教を作った」

キャッスルはふたたび「カリプソ」を引用した。

おれは考えたんだ
みんながぴりぴりするよりも
しあわせになれるなら、そう
なんとか筋を通せばよい
おれは嘘をこしらえた
すべてがぴったりおさまるように
すると楽園になったじゃないか
みじめなみじめなこの島が

読んでいると、上衣の袖をひっぱるものがある。わたしは目をあげた。こびとのニュート・ハニカーが、わきの通路に立っていた。「バーへ行って飲みなおすのもいいんじゃないかと思って。二、三杯ひっかけませんか？」

わたしたちはバーへ行き、飲みなおした。飲むほどにニュートの口はゆるみ、ロシア人のこびとの踊り子ズィンカの話をはじめた。二人の愛の巣は、ケープ・コッドの父の別荘にあったという。

「結婚生活とまではいかなかったかもしれないけど、蜜月《ハネムーン》はあったんですよ」

フィーリクス・ハニカーの古い白い籐椅子、海のほうを向いたあの椅子にもたれ、たがいの腕のなかでわれを忘れて過した牧歌的な日々のことを、ニュートは話した。

ズィンカは彼のために踊ってみせた。「考えてごらんなさい、ぼく一人のために踊ってくれる女性がいるんですよ」

「後悔してないんですね」

「彼女はたしかにぼくの心を踏みにじりました。そのことでは、腹がたちます。でも、それは代償なんだ。手に入れたものの代金は支払うことになっているんですよ、この世の中では」

彼は雄々しく乾杯の音頭をとった。「世界中の恋人と妻に」泣き声だった。

59　座席のベルトをおしめください

ニュートとH・ロウ・クロズビー、ほか知らない客二人とバーにいるときだった。サン・ロレンゾが見えてきた。クロズビーは、ちびっちょの話をしていた。「どういう意味で、わしがちびっちょと言うかわかるかい？」

「言葉は知ってますが」と、わたしは言った、「すぐピンと来るような連想はありませんねえ」

一杯機嫌のクロズビーは、酔っぱらい特有の錯覚にとらわれて、親身に話せば何事も率直に話せるものだと思いこんでいた。彼は、今までこのバーの誰もが口に出さなかった話題、ニュートの背丈を取りあげて、親身に率直に話した。

「ここにいるこの小さな人のことを言っとるんじゃないんだ」クロズビーはいかつい手をニュートの肩においた。「人間がちびっちょかどうか決めるのは、背丈じゃない。その人間の考えかただ。この小さな人よりも四倍も大きなやつに会ったことがあるが、やっぱりちびっちょだった。小さなやつにも会ったが――いや、こんなに小さくはないけど、それでも相当小さかったな――そういう連中にも、立派な男がいたね」

「ありがとう」肩におかれた巨大な手には目もくれず、ニュートは機嫌よく言った。屈辱的な肉体のハンディキャップに、これほど見事に順応している人間を、わたしはほかに見たことがない。感嘆のあまり、全身が震えたほどである。

「ちびっちょの話でしたね」ニュートの肩から手の重みをどけてやろうと、わたしはクロズビーに話しかけた。

「そうさ」クロズビーは身体をぴんと起こした。

「ちびっちょが、具体的にはどんな人間かまだ話してくれてませんよ」

「ちびっちょとは、自分ですごく頭がいいと思っている人間のことさ。黙ってることができないんだ。誰かが何か言えば、必ず議論をふっかけてくる。これこれが好きだとあんたが言ったとする。すると、これこれこうだからそれは間違ってると教えてくれるんだ。ちびっちょは、始終全力をあげて、相手が間抜けなことを思い知らせようとしてる。相手が何を言おうと知っちゃいない」

「あまり魅力的な性格とは言えませんね」

「わしの娘が、ちびっちょと結婚したがったことがある」とクロズビーは憂うつそうに言った。

「それで結婚したんですか？」

「ひねり潰してやったよ、虫けらみたいにな」そのちびっちょの言行を思いだしたのか、クロズビーはカウンターをドンと叩いた。「はっ！　大学ぐらいは、みんな出とるんだ！」彼はふたたびニュートを見た。「きみは大学出かね？」

「コーネルです」とニュート。

「コーネルだって！」クロズビーは歓声をあげた。「こりゃ偶然だ。わしもコーネルなんだ」

「こちらもそうですよ」ニュートはわたしを見てうなずいた。

「コーネル大卒が三人だ――一つ飛行機に！」とクロズビーは言い、〈グランファルーン〉のお祭りがまた一つはじまった。

騒ぎがすこしおさまると、クロズビーはニュートに職業をたずねた。

「絵をかいています」

「看板かね？」

「カンバスのほうです」

「ばかだな、わしは」とクロズビー。

「席にお帰りになって、ベルトをおしめください」スチュワーデスが言った。「機はまもなくサン・ロレンゾの首都ボリバルのモンザーノ空港に着陸します」

「おい、そうだ！　ちょっと待ってくれよ」クロズビーは、ニュートを見おろした。

「いま急に思いだしたんだが、あんたの名前は聞いたことがあるぞ」

「ぼくの父は原子爆弾の父ですよ」父の一人だとはニュートは言わなかった。フィーリクス・ハニカーは父だ、と言ったのだ。

「ほんとうかい？」

「ほんとうですよ」

「そんなことを思いだしたんじゃないんだ」彼は一所懸命に考えていた。「なんか踊り子と関係があるんだ」

「席に戻ったほうがいいんじゃないかな」ニュートはやや態度を硬化させた。

「ロシア人の踊り子となんかあったんだ」クロズビーの頭はアルコールですっかり混濁しており、考えを大声で述べて相手を迷惑させていることなどすこしも気にかけていないようすだった。

「踊り子がスパイかもしれないと言っとる社説をどっかの新聞で読んだことがあるぞ」

「お願いです」とスチュワーデスが言った。「席にお戻りになって、ベルトをつけてくださらないと困ります」

ニュートはきょとんとした顔で、H・ロウ・クロズビーを見上げた。「その名前がハニカーだったのは、たしかなんですか？」そして人違いの疑いを晴らすために、綴りまで教えた。

「間違いかもしれんな」とH・ロウ・クロズビーは言った。

60 恵まれない国民

空から見る島は、おそろしくきちんとした長方形だった。残忍な無用の岩の牙が、何本も海中からつき出ている。牙は島を丸くかこんでいた。

島の南端に、港市ボリバルがある。

それが唯一の都市だった。

それが首都なのだった。

沼だらけの平野に、ボリバルは建設されていた。モンザーノ空港の滑走路は、海岸沿いにあった。

ボリバルの北では、山々が不意に盛りあがっている。あとは島全体が、そのままぼこぼこと山ばかりだった。〈キリストの血《サングレ・デ・クリスト》〉と呼ばれる山脈である。だが、わたしには、餌桶にむらがる豚みたいに見えた。

ボリバルは何回も名を変えた。カスマカスマ、サンタ・マリア、サン・ルイ、セント・ジョージ、ポート・グローリー、等々。現在の名は、一九二二年、ジョンスンとマッケーブがつけたもので、ラテン・アメリカの偉大な理想主義者であり、英雄であったシモン・ボリバルにちなんでいる。

ジョンスンとマッケーブが来たころの町は、小枝とブリキと板きれと泥で作られていた。足元には、流し水と食物かすとねば土がすえたにおいを放つ大地があり、その下は、数知れぬ清掃動物たちがぬくぬくと暮す一大地下墓地《カタコンベ》だった。

わたしが見た町も似たようなもので、海岸沿いに新しく落成したうわべの装飾がたった一つの違いだった。

ジョンスンとマッケーブは、ついに人びとを貧困と汚物のなかから立ちあがらせることはできなかったのだ。

〝パパ〟モンザーノにも、できなかったのだ。

誰がやっても同じことだろう。サン・ロレンゾの生産力は、サハラ砂漠や極冠の同面積の土地のそれに匹敵するのだ。

その一方で人口は、インドや中国を含む世界の過密地帯と肩を並べている。居住不可能な一平方マイルごとに、四百五十人を数えるのである。

「マッケーブとジョンスンによるサン・ロレンゾ改革がまだ理想主義的な段階にあったとき、国家の全収入を成人すべてが平等に分けあうという政策が発表された」とフィリップ・キャッスルは書いている。「この試みはけっきょく一回だけに終ったが、そのさい国民一人あたりの所得は、六ドルと七ドルのあいだに落ち着いた」

61 コルポラルの価値

モンザーノ空港の税関にはいると、わたしたちはみんな所持品の検査を受け、またサン・ロレンゾでつかうつもりの金は現地の通貨と交換してほしいと要請された。通貨の名は、コルポラル。〝パパ〟モンザーノが主張するところでは、それはアメリカの五十セントに相当するということだった。

税関ビルは新しく、こざっぱりとしていたが、壁にはもうびらが何枚もべたべたと貼りだされていた。

一枚には、こうあった。**サン・ロレンゾ国内でボコノン教を説いたり学んだりする者は、鉤吊りの刑に処せられます！**

別のポスターは、ボコノンの写真をかかげていた。痩せたニグロの老人で、葉巻をすっている。理知的で温和なその顔には、愉快そうな表情があった。

写真の下に、文字がある。**生死にかかわらず、捕えたものには、一万コルポラルの賞金を与える！**

よく見ようと近づいたところ、ポスターのいちばん下に、警察の身元確認書らしいものが目にとまった。ボコノン自身が、一九二九年に書きこんだものである。ボコノン・ハンターたちに、指紋や筆跡を知らせるために複製したのだろう。

しかしわたしはそんなものよりも、一九二九年にボコノンが空欄に書きこんだ言葉のほうに興味をひかれた。あらゆる機会を見て、彼は宇宙的な視野を持とうと努めていたに違いない。ここでも彼は、人生の短かさと永遠の長さとを考えに入れていた。

ボコノンは副業を「生きていること」と書いていた。

本業を「死んでいること」と書いていた。

サン・ロレンゾはキリスト教国家です！　足戯を行なうものは、鉤吊りの刑に処せられます！　また一枚のびらには、そうあった。足の裏をくっつけあって心と心の交わりを結ぶボコノン教の儀式、足戯を、わたしはまだ知らなかったので、その言葉はちんぷんかんぷんだった。

しかし最大の謎は、フィリップ・キャッスルの本を読み終えていないわたしには、やはり、なぜマッケーブ伍長の親友ボコノンが追放者におちぶれたか、ということだった。

62　なぜヘイズルはこわがらなかったか

サン・ロレンゾにおりたったのは、総勢七人。ニュートとアンジェラ、ミントン大使と夫人、H・ロウ・クロズビーと夫人、それにわたしである。税関の調べがすむと、わたしたちはひとまとめにされて、おもての閲兵台にあげられた。

そして、静まりかえった群衆と対面した。

五千人を越えると思われるサン・ロレンゾ人が、わたしたちを見つめていた。島民たちは、オートミール色の肌をしていた。彼らは痩せていた。太っているものは、一人も見あたらなかった。みんな、歯がどこか欠けていた。弓なりに曲った足やむくんだ足が、いたるところに見られた。

澄んだ目など、どこにもなかった。

女たちのはだかの胸は貧弱だった。男たちはだらしなく腰布を巻いているだけなので、その下から大型柱時計の振り子みたいなペニスがまる見えだった。

犬はたくさんいたが、吠え声ひとつ聞えなかった。赤んぼうはたくさんいたが、泣き声ひとつ聞えなかった。ときどき、あちこちで咳が起こる——それだけだった。

群衆の前には、軍楽隊が整列していた。だが演奏してはいなかった。

楽隊の前には、軍旗衛兵が立っていた。衛兵は、二つの旗、星条旗とサン・ロレンゾ国旗をかかげていた。サン・ロレンゾの国旗は、ロイヤル・ブルーの地に海軍伍長の袖章をあしらったものである。風はなく、二つの旗はだらんとさがっていた。

真鍮のドラムを大鎚で打ち鳴らすような音が、どこか遠くから聞えたように思う。だが、そんな音はない。わたしの心が、サン・ロレンゾの熱気のがんがんする金属的ビートに共鳴していただけなのだ。

「キリスト教の国でよかったわ」とヘイズル・クロズビーが夫にささやいた。「そうでなかったら、ちょっとこわくなってしまうとこ」

わたしたちのうしろには、シロホンが一台ある。シロホンには、きらめく文字の飾りがついていた。文字は、柘榴《ざくろ》石と模造ダイヤで作られていた。

それには、**モナ**とあった。

63 敬虔で自由な民

わたしたちのいる閲兵台の左手には、プロペラ式戦闘機六機が一列に並んでいた。合衆国が軍事援助としてサン・ロレンゾに与えたものである。どの機の胴体にも、悪魔を絞め殺している大蛇ボアの絵が、子供っぽい残忍なタッチで描かれていた。悪魔の耳や鼻や口からは、血がほとばしりでている。悪魔は、いかにも悪魔的な赤い指から、さすまたをとりおとしていた。

各機の前には、オートミール色の肌をしたパイロットが、これも黙りこくって立っていた。

と、そのふくれあがった静けさをついて、蚋《ぶよ》の羽音を思わせる騒々しい音が聞えてきた。近づいてくるサイレンの音である。サイレンは、〝パパ〟の黒光りするキャデラック・リムジーンについているのだった。

リムジーンは、わたしたちの前で砂煙りをあげてとまった。

なかから、〝パパ〟モンザーノと、その養女モナ・アーモンズ・モンザーノ、それにフランクリン・ハニカーが現われた。

〝パパ〟の元気のない尊大な合図とともに、群衆はサン・ロレンゾ国歌をうたいだした。

メロディは、「峠のわが家」。歌詞は、一九二二年に、ライオネル・ボイド・ジョンスン、つまりボコノンが作った。以下が、その歌詞である……

おお、われらの国
暮しはすばらしく
男たちは鮫のように恐れを知らず
女たちは汚れを知らぬ
そしてわれらは知っている
子供たちもまた同じ道を進むだろうと
サン、サン・ロレンゾ！
なんと豊かな幸福な島だろう！
われらの前には敵さえひるむ
なぜなら彼らは知っているからだ
敬虔で自由な民に敗北がないことを

64 平和と豊饒

そしてまた群衆は死んだように静まりかえった。

〝パパ〟とモナとフランクが、閲兵台にいるわたしたちに加わった。三人がのぼるあいだ、一個の軍楽太鼓が鳴りひびいていた。〝パパ〟が鼓手に指をつきつけると、太鼓はやんだ。

〝パパ〟は、軍服のうえにショルダー・ホルスターをつけていた。なかにおさまっている拳銃は、クロムめっきの四五口径だった。わたしの〈カラース〉のメンバーが多くそうであるように、彼もまたたいへんな年寄りだった。その姿は、痛々しかった。歩きかたに弾みがなく、歩幅は小さい。まだデブにはちがいないが、飾り気ないゆったりした制服を着ているので、脂肪がだぶんと垂れている。蛙の目を思わせる眼球は、黄色い。両手は震えていた。

直属のボディガードは、純白の軍服に身をつつんだフランクリン・ハニカー少将。ほっそりした手首、貧弱な肩幅——フランクは、寝る時間をとうに過ぎたのにまだ寝かせてもらえないでいる子供みたいに見えた。彼の胸には、一個のメダルがあった。

〝パパ〟とフランクを観察するのは一苦労だった。視界を遮るものがあったからではない。目のほうが、ひとりでにモナに吸いつけられてしまうのである。わたしは興奮していた、やるせなさに胸ふたがれていた、喜びにうかれていた、正気ではなかった。今までどれほど理想の女性像を、貪欲に無分別に夢見てきたことか。だが、そのすべてがモナのなかにあるのだった。永遠の平和と豊饒が、そこに約束されていた。彼女の暖かい、クリームのような魂に、神の恵みのあらんことを！

モナは――まだ十八歳にしかならないモナは――うっとりするほど落ち着きはらっていた。彼女はすべてを理解しているようであり、また理解すべきすべてであるようだった。『ボコノンの書』にも、彼女は実名で登場する。ボコノンが彼女を語った言葉を一つあげてみよう――「モナには、この世の純粋さのすべてがある」

彼女のドレスは純白で、古代ギリシャ風のデザインだった。

小さな褐色の足には、平たいサンダルをはいていた。

淡い金色の髪は、ゆったりと長くのびていた。

その腰は、古代ギリシャの竪琴だった。

おお、神よ。

永遠の平和と豊饒。

彼女は、サン・ロレンゾでただ一人の美しい女なのだ。国の財宝《たから》なのだ。フィリップ

・キャッスルによれば、〝パパ〟は自分の非情な施政を神性化するためにモナを養女にしたのだという。

シロホンが閲兵台の前部におしだされた。モナがそれを弾いた。彼女は「一日の終りに」を弾いた。そのひびきは、すべてトレモロ——寄せては引き、引いてはかえすトレモロだった。

群衆は、美しさに酔いしれた。

そして〝パパ〟が、わたしたちに歓迎の言葉を述べるときがやってきた。

65 サン・ロレンゾに来るならこの時期

〝パパ〟は、マッケーブ伍長の召使い頭から独学でいまの地位を築いた。島を離れたことは一度もない。それでも彼のアメリカ英語は、まあまあだった。

閲兵台の上でわたしたちの一人が何かを言うと、それはすべて大スピーカーを通じて群衆にひびきわたるのだった。

スピーカーからの轟音は、群衆の背後にある広い短い大通りにゴロゴロとなだれこみ、そのつきあたりにそびえる三つの新しいガラスばりのビルにぶつかって、ガラガラとかえってきた。

「ようこそ」と〝パパ〟は言った。「みなさんは、アメリカが今までに持った最良の友であるこの国に来られた。アメリカは多くの国で誤解されている。だが、大使殿、ここは違いますぞ」彼は、自転車製造業者H・ロウ・クロズビーを新任大使と勘違いして頭をさげた。

「立派な国であることはよく存じております、大統領閣下」とクロズビーが言った。

「いろいろ話に聞きましたが、けっこうずくめですな。ただ、一つだけ……」

「はあ？」

「わたしは大使ではありません。だったらいいんですが、ありふれた、ただのビジネスマンでして」本当の大使を教えることは、誇りが許さないのだろう、「こちらが、そのえらい人です」と言った。

「いやあ！」〝パパ〟は気づいて微笑した。と、その微笑がふいに消えた。どこかが痛むのだろう、いっとき身体をすくめ、ついで前かがみになり、目を閉じた――そうして痛みに耐えていた。

フランク・ハニカーが、おたおたと弱々しく支えにまわった。「だいじょうぶですか？」

「失礼」〝パパ〟はようやくささやき声で言い、いくらか身体を起こした。目は涙にうるんでいた。〝パパ〟は涙を手で払い、すっかり姿勢を正した。「申しわけない」

つかのま、自分がどこにいるのか、何をするはずだったのか思いだせないようだった。しかし、すぐ我にかえった。〝パパ〟はホーリック・ミントンの手を握った。「国民はみんなあなたの友だちです」

「もちろん」とミントンはおだやかに言った。

「キリスト教徒です」

「ええ」

「共産党嫌いです」

「ええ」

「この国には共産党員はいない。鉤をこわがって近づきませんのです」

「そうでしょうとも」とミントン。

「あなたは非常によいときに来られた」と〝パパ〟は言った。「明日《あした》は、わが国の歴史においてもとりわけめでたい日なのだ。明日は、〈民主主義に殉じた百人の戦士の日〉と言って、わが国でもっとも重要な国民的祝日なのです。同じ日に、ここにいるハニカー少将とモナ・アーモンズ・モンザーノとの婚約がとりかわされる。この娘《こ》は、わしの生涯において、またサン・ロレンゾの歴史において、かけがえなく貴重な存在なのです」

「おしあわせに、ミス・モンザーノ」ミントンは暖かい声で言った。「それから、おめでとう、ハニカー少将」

二人の若い男女は、感謝のしるしにうなずいた。

ミントンは〈民主主義に殉じた百人の戦士〉の話をはじめた。それは途方もない大うそだった。

「サン・ロレンゾが第二次大戦に気高い犠牲を捧げたことは、アメリカでは小学生でもみんな知っています。彼ら百人の勇敢なサン・ロレンゾ人は、自由を愛する人間としてそのベストを尽して散っていきました。明日は当然、その人たちに捧げられるべき日でしょう。わたしは、合衆国大統領の特別代理として明日の式に参列し、アメリカ国民からサン・ロレンゾ国民への贈り物である花環を海に投じさせていただきたく思います」

「大使殿、そして合衆国大統領、そして寛大なるアメリカ国民すべての心遣いに、サン・ロレンゾ国民は感謝します」と〝パパ〟は言った。「婚約披露パーティのおりに、花環を海に投じてくだされば、身にあまる光栄です」

「いや、わたしのほうこそ身にあまる光栄です」

〝パパ〟はわたしたち全員に、明日の献環式と婚約パーティに出席するよう命じた。わたしたちは、正午に宮殿に参じることになった。

「どんなかわいい子が生まれるだろう！」〝パパ〟はフランクとモナを前に言った。「この血すじ！　この美しさ！」

ふたたび苦痛が襲った。

彼は苦痛を急いで迂回しようとふたたび目を閉じた。

〝パパ〟は苦痛が通りすぎるのを待った。だが苦痛は去らなかった。

苦しみ悶えながら、〝パパ〟は背を向け、マイクロホンと群衆に向いた。群衆に何か手ぶりをしようとして、何もできずに終った。群衆に何か言おうとして、何もできずに終った。

とつぜん声が出た。「帰れ」押し殺された叫びだった。「帰れ！」

群衆は木の葉のように散った。

〝パパ〟は苦痛に顔を歪めたまま、ふたたびこちらを向き……

そして崩折れた。

66　この世でいちばん強力なもの

〝パパ〟は死んではいなかった。

だが死んでしまったように見えた。そしてときおり仮死状態のなかで、すさまじい身震いをするのだった。

フランクは大声で、〝パパ〟は死んではいない、死ぬはずはないと叫んでいた。

「〝パパ〟！　死んではだめだ！　死んではだめだよ！」

フランクは〝パパ〟のカラーと上衣をゆるめ、手首をさすった。「空気を吸わせるんだ！　〝パパ〟に空気をすわせるんだ！」

戦闘機のパイロットたちがかけつけ、力を貸した。一人は機転をきかして、空港の医務室へ走っていった。

命令を与えられなかった楽隊員と軍旗衛兵は、ふるえながら直立姿勢を保っている。

モナはと見ると、彼女はあいかわらず落ち着きはらったまま、閲兵台の手すりまであとじさっていた。死さえも、もちろん死が訪れるとすればの話だが、彼女を動じさせることはできないのだ。

すぐとなりに、パイロットがひとり立っている。モナを見ているわけではないが、近くにいるせいだろうか、その男の身体は火照《ほて》り輝いていた。捕えられた鳥のように片手をばたつかせて、フランクを指さした。「おまえ……」と言った。

〝パパ〟が、意識らしいものを取りもどした。捕えられた鳥のように片手をばたつかせて、フランクを指さした。「おまえ……」と言った。

〝パパ〟の言葉を聞き逃すまいと、わたしたちはいっせいに沈黙した。唇が動いた。だが、ぶつぶついう音のほかは何も聞えなかった。

名案を思いついたものがいた。そのときにはすばらしい考えのように思えたのだが、あとで考えるとぞっとする。誰か――パイロットの一人だったと思う――が、言葉を増幅させて聞こうと、マイクロホンを支えから外して、〝パパ〟のつぶやきつづける口元にあてたのだ。

おかげで、臨終の喉鳴りを含めた、ありとあらゆる種類の発作的ヨーデルが、新しいビルからこだましてくることになった。

やがて言葉が出てきた。

「おまえ」しわがれた声で〝パパ〟はフランクに言った。「おまえ――フランクリン・ハニカー――おまえがサン・ロレンゾのつぎの大統領だ。科学――おまえには、科学がある。科学こそ、この世でいちばん強力なものだ。

科学だ」と〝パパ〟は言った。「氷《アイス》だ」彼は黄色い目をぎょろぎょろさせ、ふたたび失神した。

わたしはモナを見た。

彼女の表情に変りはなかった。

だが、となりにいる男の顔は、今まさに名誉勲章を受けようとしている男のそれにも似た、ひきつった恍惚の表情をうかべていた。

わたしは目をさげた。そして見てはならないものを見てしまった。

モナは片方のサンダルを脱ぎすてていた。小さな褐色の足は、はだしだった。

その足で、彼女は飛行機乗りのブーツの甲をさすってはさすり、さすってはさすり――いつ果てるともなく、みだらにさすっているのだった。

67 ハイウオウーック

〝パパ〟は死ななかった――少なくとも、そのときは。

〝パパ〟は空港そなえつけの大きな赤い救急車で運ばれていった。

ミントン夫妻は、アメリカ国籍のリムジーンで大使館へむかった。ニュートとアンジェラは、サン・ロレンゾ国籍のリムジーンでフランクの自宅へむかった。

クロズビー夫妻とわたしは、サン・ロレンゾ唯一のタクシーで、カサ・モナ・ホテルへむかった。霊柩車みたいな一九三九年型クライスラーで、折りたたみ補助席がついている。サイドには、キャッスル運送の文字がある。それは、カサ・モナの所有者、わたしがインタビューに来た徹底して無欲な男の息子、あのフィリップ・キャッスルの持ち車だった。

クロズビー夫妻もわたしも動転していた。心の乱れは質問となって噴出し、答えをすぐに聞かないことには、わたしたちはおさまらなかった。ボコノンとは何者か、それがクロズビー夫妻の疑問だった。〝パパ〟モンザーノに抵抗する人間がいると知って憤慨しているのである。

理屈にあわない話だが、わたしはわたしで、〈民主主義に殉じた百人の戦士〉のことを一刻も早く知りたかった。

クロズビー夫妻が、最初に解答を得た。二人にはサン・ロレンゾ訛りがわからないので、わたしが通訳を買って出た。クロズビーが運転手にした質問を要約すると、こうなる。「とにかく、そのボコノンとかいうちびっちょは、どんなやつなんだ？」

「すごく悪いやつです（Very bad man.）」と運転手は言った。じっさいには、運転手はこう言ったのである。「ヴォーリイ・ボール・モーン」

「共産党か？」わたしの翻訳を聞くと、クロズビーはそうたずねた。

「きまってますよ」

「弟子はすこしぐらいいるのかい？」

「はあ？」

「やつが正しいと思ってるやつはいるのか？」

「いやあ、いませんよ」運転手は真剣に答えた。「そこまで狂ってる人間はいませんや」

「なぜ捕まっとらんのかね？」

「なかなか見つからなくてね。頭がいいやつで」

「じゃ、誰かがかくまって食いものをやってるんじゃないのか？ 捕まっていていいはずだろう、もう」

「かくまってるやつも、食わせてるやつもいませんよ。誰だって、そこまで馬鹿じゃない」

「本当か？」

「本当ですよ」と運転手は言った。「あの気違いじじいに食いものをやったり寝かせたりすりゃあ、鉤吊りですからねえ。ごめんだね、鉤吊り《フック》なんか」

　男は最後の言葉を「ハイウオウーック」と発音した。

68　フーンイェラ・モラトゥールズ

　わたしは運転手に、〈民主主義に殉じた百人の戦士〉とは何者なのかとたずねた。わたしたちがいま走っている大通りも、見ると、〈民主主義に殉じた百人の戦士〉通りと名がついている。

　運転手の話によると、サン・ロレンゾは、真珠湾攻撃の一時間後にドイツと日本に宣戦布告したのだ、という。

　サン・ロレンゾは百人の男を、民主主義を守る戦いのために徴兵した。百人は、合衆国行きの船に乗せられた。彼らはそちらで訓練を受け、武器を与えられる予定だった。

　船はボリバル港を出たところでドイツの潜水艦に撃沈された。

「ドーズ、ソア」と運転手は言った、「イーアラ・ロー・フーンイェラ・モラトゥールズ・トゥット・ザムークラツヤ」

「それが、旦那（Those, sir,）」彼はサン・ロレンゾ訛りでこう言ったのである、「〈民主主義に殉じた百人の戦士〉ですよ（are the Hundred Martyrs to Democracy.）」

69　巨大モザイク

クロズビー夫妻とわたしは、新ホテルの最初の客になるという奇妙な経験をした。カサ・モナの泊り客名簿に署名するのは、わたしたちが最初だったのである。

クロズビー夫妻がはじめにデスクに到着した。だが、H・ロウ・クロズビーは完全にまっ白な名簿に肝をつぶし、署名する勇気をなくしたようだった。ぐずぐずためらっている。

「あんた、サインしてくれ」と、わたしに言った。そして迷信ぶかさを気取られるのを恐れたのだろう、ロビーの壁の真新しい漆喰に巨大なモザイク画を描いている男がいたのをさいわい、男の写真をとりたいのだと言いわけした。

モザイク画は、モナ・アーモンズ・モンザーノの肖像だった。高さは二十フィート。描いている男はまだ若く、筋骨隆々としていた。男は脚立のてっぺんにすわっている。白いズックのズボンをはいているほかは、はだかだった。

男は白人だった。

男は、モナの優美なうなじにある美しい髪を、金色のかけらで作っているところだった。

クロズビーは写真をとりに行き、やがてもどると、あんなでかいちびっちょに会ったのははじめてだ、と言いながら戻ってきた。そう言うクロズビーの顔は、トマト・ジュースみたいにまっ赤だった。「何か言えば、必ずへらず口をたたく」

そこで、今度はわたしがモザイク画家のところへ行き、しばらく見物してから、こう言った。

「きみがうらやましい」

「思ったとおりだ」男はため息をついた。「長いこと待っていれば、いつかは誰かがうらやみに来る。我慢だ、我慢が肝心だと、自分に言いきかせていたんだ。そのうちうらやむ人間が来るだろうと思ってね」

「きみはアメリカ人？」

「さいわい、そうなんだよ」男は仕事の手を休めない。わたしの顔には興味ないらしい。

「あんたも、ぼくの写真をとりたいのかい？」

「いいのかね？」

「われ思う、ゆえにわれあり、ゆえに写真に写る」

「残念だが、カメラを持ってないんだ」

「じゃ、取りに行ってきたまえよ！　自分の記憶に万全の信頼をおいてる人間じゃないんだろう、あんたは？」

「きみがいま作ってるその顔は、当分忘れそうもないな」

「死ねば忘れるさ。ぼくだって忘れる。死んだら、何もかも忘れるつもりなんだ——あんたも同じようにしたほうがいいね」

「彼女はこのためにポーズをとったのかい？　それとも写真かなんかをもとにして作っているの？」

「かなんかだよ」

「え？」

「かなんかだよ」男はこめかみをコツンとたたいた。「すべて、あんたのうらやむこの頭のなかにある」

「彼女とは知りあい？」

「さいわい、そうなんだ」

「幸運な男だね、フランク・ハニカーは」

「糞みたいなやつだよ、フランク・ハニカーは」

「きみは率直でいい」

「それに金持ちだ」

「けっこう」

「その道の専門家の意見を言おうか。金は必ずしも人を幸福にするものじゃない」

「ご教示ありがとう。きみのおかげで手間が省けた。いや、これから金を儲けようとしているところだものだからね」

「どうやって？」

「ものを書いて」

「ぼくも本を書いたことがある」

「どんな題？」

「『サン・ロレンゾ――その国土、歴史、国民』だよ」と男は言った。

70 家庭教師ボコノン

「とすると、きみは」と、わたしはモザイク画家に言った、「ジュリアン・キャッスルの息子のフィリップ・キャッスル」

「さいわい、そうなんだ」

「お父さんに会いに来たんだ、ぼくは」

「アスピリンのセールスマンかい？」

「いや」

「残念だな。おやじはアスピリンに弱いんだ。奇蹟の新薬はないのかい？　おやじは、奇蹟をときどき起こすのが好きでね」

「薬のセールスマンじゃないんだ。作家なんだ」

「作家がなぜ薬のセールスマンであっちゃいけないんだ？」

「それはそうだな。おそれいりました」

「死にそうな連中や苦しんでる連中に読ませる本をほしがってるよ、おやじは。そういう本は書いてなさそうだな」

「今のところはね」

「金になるぜ。これも有益な知識だろう」

「詩篇の第二十三篇を改作できたらいいと思うね。ちょっとひねって、盗作だと気づかれないようにするんだ」

「ボコノンもそいつをやろうとしたよ」と男は言った。「けっきょく一語も変えられなかった」

「ボコノンとも知りあい？」

「さいわい、そうなんだ。子供のころ、家庭教師だったからね」彼は感傷的な手ぶりでモザイクを示した。「モナもいっしょに教わった」

「いい先生だったのかね？」

「モナもぼくも、読み書きや簡単な計算ぐらいはできるよ」とキャッスルは言った。

「あんたがそういう意味で言ってるのならね」

71 アメリカ人である幸福

H・ロウ・クロズビーが、またも、ちびっちょキャッスルと対決しようとやってきた。「あんたは自分を何だと思ってる?」クロズビーはあざけりをこめて言った。「ビート族かなんかか?」

「ボコノン教徒さ」

「この国では禁じられてるんだろう?」

「さいわい、ぼくはアメリカ人でね。言いたいときに、いつでもボコノン教徒だと言ってるが、誰も文句は言わないよ」

「外国におればその国の法に従うもんだと思うがね」

「そんな話は聞きあきたね」

クロズビーはかんかんにおこった。「くたばれ、小僧!」

「くたばれ、おっさん」とキャッスルはおだやかに言った。「母の日もクリスマスも、みんなくたばれ」

クロズビーはロビーの帳場係のところへ歩いて行き、こう言った。「支配人を呼べ、あそこにいる芸術家面《づら》したちびっちょのことで話がある。ここは、いい国だ。観光業者や産業資本を誘致できるだろう。だが、あの男の話しかたを聞いてると、二度とサン・ロレンゾなんか見たくもなくなる――サン・ロレンゾのことをきく友人があったら、わしは言ってやる。あんなとこへ行くなってな。壁の絵はけっこうな出来かもしれん。だが、あれを作ってる男ほど、カンにさわる、無礼なやつはないぞ」

帳場係の顔は青ざめていた。「お客様、そのう……」

「聞いとるよ。言いなさい」クロズビーはぷりぷりしている。

「お客様――あのかたがこのホテルの持主なのですが」

72 ちびっちょヒルトン

H・ロウ・クロズビーと夫人は、カサ・モナを出ていった。クロズビーはホテルを「ちびっちょヒルトン」とののしり、アメリカ大使館に強引に宿をとった。

そんなわけで、わたしは百室あるホテルのたった一人の客になってしまった。

通された部屋は快適だった。窓からは、といっても全室がそうなのだが、〈民主主義に殉じた百人の戦士〉通りと、モンザーノ空港と、そのかなたのボリバル港が見わたせる。カサ・モナは本箱のようなかたちで、左右と裏側が壁、正面は青緑色のガラスばりになっている。都市の貧困と汚れは、カサ・モナの左右と裏側にあるので、見ることはできない。

部屋は空調がきいていた。肌寒いほどだった。がんがんする熱気のなかから肌寒さのなかにとびこんだので、くしゃみが出た。

ベッドぎわのテーブルには、新鮮な花がいけてある。だがベッドの用意はできていなかった。ベッドの上に、枕さえ置いてない。むきだしの、真新しいビューティーレスト・マットレスがあるだけ。タンスにはハンガーも見あたらず、バスルームにはトイレット・ペーパーもなかった。

メイドがいたら、もうすこし部屋を整えてもらおうと、わたしは廊下に出た。廊下には誰もいなかったが、つきあたりにあいているドアがあり、かすかに人の気配がした。

わたしはそのドアへむかった。のぞくと、そこは広々とした続き部屋で、床にはぼろきれが敷きつめられていた。ペンキ塗りの最中なのだ。しかし二人のペンキ屋は、わたしが現われたときには、ペンキを塗ってはいなかった。壁の幅いっぱいを占める窓敷居の上にすわっている。

ペンキ屋たちは靴を脱ぎ捨てていた。目は閉じていた。たがいに向きあっていた。

二人は、たがいのはだかの足の裏をぺったりとくっつけあわせているのだった。

それぞれ自分の足首をつかみ、三角形に身体を固定している。

わたしは咳ばらいした。

二人は窓敷居からころがり落ち、散乱したぼろきれの上に両手両膝をついた。そして、そのままの姿勢で――尻を天井に向け、鼻を床にこすりつけんばかりにして――動きをとめた。

殺されると思っているのだ。

「これは失礼」わたしは驚いて言った。

「言わんでください」一人が性急に懇願した。「お願いです――お願いだから、言わんでください」

「言うって何を?」

「いま見たことをです!」

「何も見なかったがね」

「旦那が言うと」と男は言い、頬を床にこすりつけ、嘆願するように見上げた。「旦那が言うと、わたしらハイウオウークに吊るされます!」

「ねえ、お二人」と、わたしは言った。「早く来すぎたか遅く来すぎたか知らないが、いいですか、人に告げ口できそうなものはなにも見なかったんだ、ぼくは。さあ――起きてください」

二人は立ちあがった。だが、その目はまだわたしに釘づけにされている。身体をちぢこまらせ、震えている。ようやくのことで、わたしは自分が見たものを口外しないと二人に納得させた。

わたしが見たものとは、もちろん、ボコノン教徒がたがいの意識をまぜあわせる儀式〈ボコマル〉である。

わたしたちボコノン教徒は、こう信じている。相手を愛する気持がなくては、人は足《ソ》の裏《ウル》の通《かよ》いあいを持つことはできない。ただ足は清潔で、手入れが行きとどいている場合に限られる。

足合わせの儀式の根拠は、この「カリプソ」にある――

くっつけあおう、足と足、そう
精いっぱい力いっぱい
愛しあうんだ、そう
母なる大地を愛するように

73 黒死病

部屋に戻ると、フィリップ・キャッスル――モザイク画家、歴史家、自著索引作成者、ちびっちょ、ホテル経営者――が、バスルームにトイレット・ペーパーをとりつけていた。

「これはどうも」と、わたしは言った。

「どういたしまして」

「真心のこもったホテルとは、ここのことだろうね。客の泊り心地をこれだけ親身になって考えてくれるホテル経営者がどこにいるだろう？」

「客を一人しか泊めてないホテルがどこにあるだろう？」

「さっきまで三人だったじゃないか」

「そんな時代もあったな」

「こんなことを言っては失礼かもしれないが、きみほどの趣味と才能に恵まれた男が、どうしてホテル経営なんかに色気をだすのかわからない」

キャッスルは困ったように眉を寄せた。「お客の扱いがうまくないと言うんだろう？」

「コーネルのホテル学科に知人がいたんでそう思うんだけれど、連中だったらクロズビー夫妻をもうすこし違ったふうに扱っただろうね」

キャッスルは不愉快そうにうなずいた。「わかってる、わかってる」と、両腕をはたさせてわたしを制し、「なんでこんなホテルを建てたのか、こっちだって知りたいよ——たぶん今までの人生と関係があるんだろう。忙しくしていたい、一人ぼっちでいたくないというわけで」彼は首をふった。「隠者になるか、ホテルを開くかそれだけだったんだ——中間なんかない」

「お父さんの病院で大きくなったんだろう？」

「そうだよ。モナもぼくもそこで育った」

「じゃ、お父さんがしたようなことをしたいと思わないのかい？」

青年キャッスルは弱々しい微笑をうかべ、まともな回答を避けた。「おもしろい人間だよ、おやじは。きっと好きになる」

「そう思うね。あんなに無欲な人はそうたくさんいない」

「むかし」とキャッスル、「ぼくが十五かそこらのとき、この近くを通った船で暴動が起こった。ホンコンからハヴァナへ行く途中のギリシャ船で、籐の家具を積んでた。暴徒は船をぶんどったはいいが、動かしかたを知らないんで、〝パパ〟モンザーノの城の近くの岩にぶつけてしまった。人間はみんな溺れ死んで、ねずみだけ助かった。ねずみと籐の家具だけが、陸にあがったんだ」

話はそれで終りのようだったが、わたしには確信がなかった。「それで?」

「それで、あるものはただで家具を手にいれ、あるものはペストにかかった。おやじの病院では、十日間に千四百人死んだよ。ペストで死んだ人間を見たことあるかい?」

「さいわい、まだ見たことがないね」

「股のつけ根と腋の下のリンパ腺が、グレープフルーツくらいの大きさにふくれあがるんだ」

「それくらいのことはあるだろう」

「死ぬと死体は黒く変色する——もともと黒いから、サン・ロレンゾではどうってことはないんだけどね。病気の最盛期には、〈ジャングルの希望と慈悲の館〉は、アウシュヴィッツかブーフェンワルトさながらさ。あたり一面死体の山で、じっさい、ブルドーザーが共同の墓穴に死体を入れる途中でとまってしまうんだ。おやじは何日も寝ずに看病にあたった。寝ないばかりじゃない、助けることもできないんだ」

キャッスルのすさまじい物語は、電話のベルで中断された。

「なんだ」とキャッスルがいった。「電話がもうついてるとは知らなかった」

わたしは受話器をとった。「もしもし？」

フランクリン・ハニカー陸軍少将だった。わたしに用事があるという。息もつげないほど慌てており、しかもひどく怯えている様子だ。「いいか！　すぐわたしの家に来てくれ。話したいことがある！　きみの人生において非常に重要な出来事になるかもしれない」

「どういうことでしょうか？」

「電話じゃだめだ、電話じゃ。わたしの家に来るんだ。すぐに来てくれ！　頼む！」

「わかりました」

「冗談に言ってるんじゃないんだぞ。正真正銘、きみの人生において重要なことなんだ。これほど重要な出来事はない」彼は電話をきった。

「どうしたって？」とキャッスル。

「さっぱりわからない。フランク・ハニカーが一刻も早く会いたがってる」

「急ぐことはないって。ゆっくりしなよ。あいつは低能なんだ」

「重大事だと言ってた」

「何が重大か、あいつにわかるのかね？　バナナを彫っても、もっとましな人間が作れる」

「とにかく話をおしまいまで聞こうじゃないか」

「どこまで話したっけ？」

「ペストだよ。死体でブルドーザーがとまってしまった」

「そうだ、そうだ。それはいいとして、ある晩眠れなかったので、看病しているおやじのそばについていた。生きている患者を見つけるだけで精いっぱいだったよ。どのベッドも、どのベッドも、死人しか寝ていない。

するとおやじがくすくす笑いだした。とキャッスルは続けた。

「笑いがとまらない。懐中電灯を持って外に出て行った」「まだ、くすくす笑ってる。おやじは、外に積んである死人の山に懐中電灯の光を踊らせていた。そうして、ぼくの頭に手をおくと、大した人だよ、何と言ったと思う？」

「さあ」

「こう言ったんだ。〝息子よ、いつかはこれがみんな、おまえのものになるんだ〟」

74 猫のゆりかご

わたしはサン・ロレンゾ唯一のタクシーでフランクの家にむかった。

すさまじい窮乏の情景がつぎつぎと現われてくる。車はマッケーブ山の斜面をのぼった。空気は涼しくなった。霧が出てきた。

フランクの家は、モナの父、〈ジャングルの希望と慈悲の館〉の設計者、ネスター・アーモンズのかつての居宅だった。

設計者は、アーモンズ。

家は滝をまたいで建ち、片持ち梁で支えられたテラスが、滝からたちのぼる霧のなかにつきでている。テラスは全体が、非常に軽いスチールの柱と横材を使った巧妙な格子だった。格子の隙間にはいろんな趣向がこらされ、自然石をつめたり、ガラスをはめこんだり、カンバス・シートをかぶせたりしてある。

家は、人の住まいというより、男が気まぐれをさんざんに楽しんだあとをうかがわせた。

召使いが丁重にわたしを出迎え、フランクはまだ帰宅していないと告げた。しかし、まもなく帰るだろうという。わたしが来たら充分にもてなし、ここで夕食をとり、夜も泊ってもらうように。フランクはそんな言いつけを召使いに言いわたしていた。スタンリーと名乗る召使いは、わたしがはじめて出会う太ったサン・ロレンゾ人だった。

スタンリーはわたしを部屋に案内した。家のなかを見せてもらったのち、天然石の階段を下る。おりてから眺めた石段は、ところどころスチール枠にはめこまれたパネルで見え隠れしていた。ベッドは、岩棚——天然の岩棚にフォームラバーのマットレスをのせたものだった。周囲の壁はカンバス・シート。好きなように巻き上げたり下ろしたりできるとスタンリーが実演してみせた。

ほかに家にいるものはないのかとたずねると、ニュートだけいる、とスタンリーはこたえた。例の片持ち梁で支えたテラスに出て、絵を描いているという。アンジェラは〈ジャングルの希望と慈悲の館〉に見学に出かけたという。

滝をまたぐ、目のくらむような高さのテラスに出ると、こびとのニュートが黄色い折りたたみ椅子で眠っていた。

ニュートの絵は、アルミの手すり近くの画架にのっていた。霧にかすんだ空と海と谷の景色が、その絵を額縁のように取りかこんでいる。

小さな黒いぶつぶつだらけの絵だった。

絵具を黒く、ぶよぶよと厚塗りした上に、ひっかき傷がつけてある。ひっかき傷は蜘蛛の巣みたいなかたちをしている。これは、人間の無益な行為が織りなすねばねばした網が、乾くようにと、月のない夜の闇のなかにかかげられたところではないだろう、とわたしは想像した。

このおそろしい絵を描いたこびとを、わたしは起こさなかった。わたしはタバコを吸いながら、水音にまじるありもしない声に耳を傾けていた。

ニュートを起こしたのは、はるかな下界からの爆発音だった。音は谷にぶつかり、神のましますへとのぼっていった。ボリバルの波止場にある大砲で、毎日五時に発射されるのだ、とフランクの召使いが説明した。

ニュートは身体をもぞもぞさせた。

まだ半分眠りながら、彼は絵具だらけの黒い両手を顔にあげ、口とあごに黒いあとをつけた。そして両目をこすり、目のまわりを黒くよごした。

「こんちは」とニュートは眠そうに言った。

「こんちは」と、わたし。「きみの絵、気にいったよ」

「何に見えますか？」

「それは、見る人によって違うんじゃないかな」

「猫のゆりかご（あやとり）ですよ、それ」

「あは。そうか。ひっかき傷は紐だ。だろう？」

「世界でいちばん古い遊びの一つですよ、猫のゆりかごは。エスキモーだって知ってる」

「まさか」

「十万年もそれ以上もむかしから、おとなは子供たちの前でからめた紐をゆらゆらさせて見せている」

「フム」

ニュートは椅子の上で身体を丸めたままだった。彼は絵具にまみれた両手を、まるでそこに猫のゆりかごがかかっているみたいにつきだした。「おとなになったときには、気が狂ってるのも無理ないや。猫のゆりかごなんて、両手のあいだにXがいくつもあるだけなんだから。小さな子供はそういうXを、いつまでもいつまでも見つめる……」

「すると?」

「猫なんていないし、ゆりかごもないんだ」

75 アルバート・シュヴァイツァーによろしく

そのとき、ニュートののっぽの姉、アンジェラ・ハニカー・コナーズがはいってきた。

フィリップの父、〈ジャングルの希望と慈悲の館〉の設立者、ジュリアン・キャッスルがいっしょだった。キャッスルはだぶだぶの白いリネンのシャツを着、タイをしめていた。鼻の下には、もじゃもじゃのひげをたくわえている。はげ頭で、痩せていた。そして聖人であった、とわたしは思う。

キャッスルは、テラスにいるニュートとわたしに自己紹介した。彼の聖人らしさをあげつらおうとしていたわたしは、そこで機先を制された。彼は映画に出てくるギャングみたいに、口の端でしゃべるのだった。

「あなたのことは、アルバート・シュヴァイツァーの志に従う人と聞き及んでいます」と、わたしは言った。

「はるかうしろについてるだけだがね……」キャッスルは犯罪者を思わせる冷笑をうかべた。

「本人には、まだ会ったことはない」

「あなたの仕事はあちらも知っているでしょう、あなたがあちらを知っておられるように」

「知ってるかもしれんし、知らないかもしれん。会うことはあるかね？」

「いいえ」

「会うつもりは？」

「いつか会いたいと思ってます」

「そうだな」とジュリアン・キャッスル。「もし旅行で、シュヴァイツァー博士に会うことがあったら、わしの理想としている人物はあんたじゃないと、やつに言っていい」

彼は大きな葉巻に火をつけた。

葉巻に充分に火がつくと、彼はそのあかあかと光る先端をわたしにつきつけた。「あんたはわしの理想の人物じゃないとな。それから、こうも言っていい。あんたのおかげで、イエス・キリストがわしの理想だと」

「それを聞いたら、喜ぶでしょう」

「喜ぶか喜ばんかなんかどうだっていいんだ。これは、わしとキリストだけの問題なんだから」

76 ジュリアン・キャッスル、すべては無意味だという点でニュートと意見の一致をみる

ジュリアン・キャッスルとアンジェラは、ニュートの絵のところへ行った。キャッスルは人さし指を丸くして、その小さな穴から絵をのぞき見た。

「それを何だと思いますか？」と、わたしはキャッスルにきいた。

「黒だ。何だというんだ――地獄か？」

「意味しているところのものですよ」とニュート。

「じゃ、地獄だ」キャッスルは唸り声で言った。

「猫のゆりかごだそうですよ、今しがた聞いたところでは」と、わたし。

「内部情報は、いつも役に立つ」とキャッスル。

「あんまりいいとは思わないわ」とアンジェラが言った。「気持がわるい。でも、あたしはモダン・アートってわからないから。ニュートはすこしレッスンを受けたらどうかしら、自分が何を描いてるかわかるように」

「独習か、きみは？」ジュリアン・キャッスルがニュートにきいた。

「みんなそうじゃないですか？」ニュートが問いかけた。

「非常にいい答えだ」キャッスルは感心している。

同じ歌と踊りをもう一度演じる気はニュートにはなさそうなので、わたしがかわりに猫のゆりかごの深遠な意味を説明した。

キャッスルはいかにも思慮深げにうなずいた。「するとこれは、すべてが無意味であるという絵か！　まったく同感だ」

「本当にそう思いますか？」と、わたしはきいた。「キリストのことを、すこし前に言っておられたような覚えがあるけど」

「誰だって？」とキャッスル。

「イエス・キリスト」

「ああ」とキャッスル。「キリストね」肩をすくめた。「口がうまく動くように、何かいつもしゃべっていたほうがいいんだ、人間は。そのうち何か意味のあることを言わなきゃならんとき、きれいな声が出る」

「なるほど」この老人についての大衆的な記事を書くのは容易なわざではなさそうだった。このぶんでは、彼の気高い行ないだけに要点をしぼり、彼が言ったり考えたりする悪魔的なことにはすべて目をつぶるほかはない。

「わしの言葉だ。引用してかまわん」とキャッスルが言った。「人間は下等な生きものだ。作るに足るようなものは何も作っておらず、知るに足るようなものは何も知っちゃいない」

彼はかがむと、絵具によごれたニュートの手を握りしめた。「だろう？」

ニュートは、それは言いすぎという表情を一瞬うかべたが、うなずいた。「そうです」

すると聖人はつかつかと歩いて行き、ニュートの絵を画架からはずした。彼はわたしたちを見て、にんまり笑った。「屑だ——何もかもとおんなじように」

彼は絵をテラスからほうり投げた。絵は上昇気流にのって一度舞いあがり、失速し、ブーメランみたいに戻ってくると、滝におちていった。

ニュートは言葉もない。

アンジェラが最初に口を開いた。「坊や、顔じゅう絵具だらけよ。洗ってきなさい」

77　アスピリンと〈ボコマル〉

「ドクター」と、わたしはジュリアン・キャッスルに言った。「〝パパ〟モンザーノの容態はどうですか？」

「どうしてわしにわかる？」

「あなたが治療しておられると思ったものですから」

「口もきいたことはない……」キャッスルは微笑した。「いや、むこうが話をしないんだな。最後に話したときには、もう三年ばかり前だが、こう言ったよ。鉤吊りにしないのは、おまえがアメリカ市民権を持ってるからだと」

「おこらせるようなことをしたんですか？　この国へ来て、ご自分の金でここの人びとのために無料病院を建てたというのに……」

「〝パパ〟は患者の扱いが気にくわないんだ。特に、死ぬ患者の扱いがな。〈希望と慈悲の館〉では、希望するものみんなに、ボコノン教のしきたりにしたがって臨終の式をやってやるんだ」

「どんなふうな式ですか？」

「簡単だ。唱和から始まる。やってみるかね？」

「いいえ、けっこうです、まだ当分死にそうもないから」

キャッスルはぞっとするようなウィンクをした。「慎重だね、よろしい。臨終の式を受けると、みんな合図と同時に死んでしまう。だが死ななくてもすむようにはできるよ。足をくっつけあわせなければいいんだ」

「足？」

彼はボコノン教徒の足に対する考えを説明した。

「それで、ホテルで見たこととの説明がつく」わたしは、ホテルの窓敷居にいた二人のペンキ屋の話をした。

「効きめがあるんだ。それをやると、本当に相手や世界に対して思いやりの気持がわいてくる」

「フム」

「〈ボコマル〉だ」

「はあ？」

「足合わせ儀式の名前だよ」とキャッスル。「効きめがあるんだな、これが。効きめがあるというのはありがたいことだ。そういうものはあまりない」

「でしょうね」

「アスピリンと〈ボコマル〉がなかったら、わしの病院はとてもやっていけなかっただろう」

「見たところ、島には、まだボコノン教徒がいくらかいるようですね。法律があるのに、ハイウオウーックがあるのに……」

彼は笑った。「まだわかってないんだな」

「何がですか？」

「サン・ロレンゾ人はみんな心底からボコノン教徒だよ。ハイウオウーックなんか問題じゃない」

78 鉄壁の包囲陣

「何十年もむかし、ボコノンとマッケーブはこの悲惨な国を占領すると、まず牧師どもを追い払った」とジュリアン・キャッスルが言った。「そしてボコノンは、冗談半分、皮肉半分に、新しい宗教を発明した」

「知ってます」

「そうするうち、政治や経済をいくら改革しても、人びとの暮しがすこしも楽にならないとわかってきて、ボコノン教だけが希望をつなぐ手段となった。真実は民衆の敵だ。真実ほど見るにたえぬものはないんだから。そこでボコノンは、見かけのよい嘘を人びとに与えることを自分の仕事と心得るようになった」

「どういうわけで追放されたんですか？」

「自分で考えついたのさ。自分とその宗教を追放してくれとマッケーブに頼んだんだ。

人びとの宗教生活にもっとはりが出るように。そうだ、そのことをうたった短い詩を書いてるよ」

キャッスルはこんな詩を引用した。これは『ボコノンの書』にはのっていない。

だからおれは言ったのさ
グッドバイ、大統領
政府に反逆しなければ
よい宗教は作れない

「ボコノン教徒にふさわしい刑罰として、鉤吊りを進言したのもボコノンだ。マダム・トゥッソーの〈恐怖の部屋〉にあったのからヒントを得たんだそうだ」ウィンクする顔は、食屍鬼を思わせた。「これも、生きるはりをつくるためさ」

「鉤吊りで死んだ人は多いのですか？」

「いや、はじめのうちはいなかった。はじめは見せかけだったんだから。処刑の噂は巧妙に流布されたが、そんな死にかたをした人間を誰も知ってたわけじゃない。マッケーブはボコノン教徒たちに残忍な脅しをかけては楽しんだ——全国民がボコノン教徒なんだがな。

そしてボコノンは、ジャングルのなかの居心地よい隠れがに移り住んだ」とキャッスルは続けた。「そこで日がな一日、書きものや説教をしては、信徒たちの持ってくるうまいものを食っていた。

マッケーブは、失業者たちを、といっても実質的にはみんなそうなんだが、その連中をかき集めてよくボコノン狩りをやった。

だいたい半年ごとに、誇らしげに発表するんだ。ボコノンは、鉄壁の包囲陣のなかにはいった、輪は容赦なく狭まりつつあるとな。

そのうち、容赦ない包囲陣の指揮官が、無念そうに、じだんだ踏みながらマッケーブに報告に来る。ボコノンは不可能を成しとげたと言うんだ。

逃げてしまったのだ、蒸発してしまったのだ、また明日説教するために生きながらえたのだ。奇蹟だ！」

79　なぜマッケーブの心はすさんだのか

「マッケーブとボコノンは、いわゆる生活水準なるものをとうとう向上させることができなかった」とキャッスル。「正直な話、人びとは短命で、見すぼらしく、野蛮なままだった。

だが、そんな救いようのない真実にわざわざ目を向ける必要はなくなった。都市に住む残忍な暴君とジャングルに住む心優しい聖者の物語は、生きた伝説なんだ。それが広まるにつれ、人びとは幸福になっていった。誰もが理解でき、喝采できる劇のなかで、自分たちも俳優として一日二十四時間、動きまわるようになったからだ」

「そして人生は、一個の芸術作品となった」わたしは驚嘆した。

「そう。ただ一つ問題が起こった」

「それは？」

「その劇は、二人の主役、マッケーブとボコノンの精神にはきつすぎたんだ。若いころの二人はよく似ていた。二人とも、天使と海賊の面をあわせ持っていた。

ところがそのドラマは、ボコノンの海賊の半面とマッケーブの天使の半面をなくすように強いたのだ。マッケーブとボコノンは、人びとの幸福のためにはなはだしい苦悶の代価を支払うことになった――マッケーブは暴君の苦悩を知った、ボコノンは天使の苦悩を知った。二人とも、実生活の面においては、気が狂ってしまった」

キャッスルは左手の人さし指を鉤のかたちに曲げた。「ハイウオウークックで本当に人が死ぬようになったのは、それからだよ」

「しかしボコノンはつかまらなかったんでしょう？」

「マッケーブもそこまでは狂わなかった。本当に真剣にボコノン狩りをしたことは一度もない。やるのは簡単だったろうが」

「なぜつかまえなかったのですか？」

「敵対する聖者がいなかったら、自分が無意味になってしまう。その道理がわかるくらいには、マッケーブはいつも気が確かだったんだ。〝パパ〟モンザーノもそれは知っている」

「鉤で死ぬものがまだいるんですか？」

「吊るされれば助からないね」

「そうじゃなくて。〝パパ〟は本当にそれで処刑をしているんですか？」

「二年に一人は処刑するよ――景気づけのためにな」キャッスルはため息をつき、夕空を見上げた。「目がまわる、目がまわる、目がまわる」

「はあ？」

「わしらボコノン教徒の口ぐせさ。わからないことがたくさんあると感じたときに言うんだ」

「すると、あなたも?」わたしはあっけにとられた。「ボコノン教徒ですか?」

キャッスルはまじまじとわたしを見た。「あんたもだ。そのうち、わかる」

80 滝にかける濾《こ》し網

ジュリアン・キャッスルとわたしがいるテラスには、アンジェラとニュートもいた。わたしたちはカクテルを飲んでいた。フランクからは、まだ何の連絡も来ない。

アンジェラもニュートも、見たところ、相当にいける口らしかった。キャッスルは、道楽していたころ腎臓をこわして今はやむなくジンジャー・エールだと、わたしに説明した。

二、三杯はいると、アンジェラは、世間の父親への冷たい仕打ちに文句をつけはじめた。「あれだけのことをしてあげて、おかえしはちょっぴり」

どんなふうにけちくさいのかときくと、具体的な数字が返ってきた。「おとうさまの研究から特許がとれるごとに、ジェネラル金属がおとうさまにくれたボーナスは四十五ドルだったわ。会社のほかの人とおんなじ額」アンジェラは悲しげに首をふった。「四十五ドルよ——そのなかに、どんな特許があったか！」

「フム」と、わたし。「給料は別なんでしょう」

「最高のときで、一年間に二万八千ドル」

「かなりなものじゃないですか」

彼女は憤然とした。「映画スターがいくらとってるかご存じ？」

「たくさんとりますね、ときには」

「ブリード博士は、一万ドルも多いのよ」

「それは不公平だ」

「不公平はもうたくさん」

愚痴が金切り声になってきたので、わたしは話題を変えた。わたしはジュリアン・キャッスルに、さっき滝に投げた絵の行くえをたずねた。

「下には小さな村がある。十か五つ、小屋が並んでる。ついでだが、そこが〝パパ〟の出生地だよ。滝の下には、椀のかたちをした大きな岩板がある。

村の連中は、椀のふちに金網をかけてるんだ。水はその溝からこぼれだして川になる」

「するとニュートの絵は、今その金網にかかっていると思うのですか？」

「ここは貧乏国だよ――まだご存じなければ教えてあげるが」とキャッスル。「金網にそういつまでもかかっちゃいない。ニュートの絵はいまごろ、わしの葉巻の吸いさしといっしょに日なたで乾かされているだろう。四平方フィートのべたべたしたカンバスと、木枠に使ってあった斜め継ぎした四本の棒と、鋲がいくつかと、葉巻だ。どんぞこにいるものには、けっこうな収穫さね」

「ときどき大声で叫びたくなるわ」とアンジェラが言った。「ほかの人がたくさんお金をとってるのに、おとうさまなんか全然――あれほどのことをしてあげて」彼女は泣き上戸になる一歩手前だった。

「泣いちゃだめだよ」ニュートがやさしく言った。

「泣きたくもなるわ」

「クラリネットをとっておいでよ。いつも、それで気分がやすまるじゃないか」

はじめ、わたしはそれをかなりこっけいな思いつきと受けとった。しかしアンジェラの反応から察すると、それはまじめで実際的な忠告らしかった。

「あたしがこんなふうになると、慰めてくれるのは、それしかないことがあるんです」とアンジェラはキャッスルとわたしに説明した。

ところが恥かしがって、なかなかクラリネットを取りに行こうとしない。わたしたちはくりかえし催促し、彼女はさらに二杯、酒を飲まなければならなかった。

「本当にすばらしいんですよ」ニュートが約束した。

「ぜひとも聞きたいね」とキャッスル。

「いいわ」アンジェラはやっといい、おぼつかない足で立ちあがった。「いいわ——やります」

声の届かないところへアンジェラが行ってしまうと、ニュートが詫びた。「姉は精神的に疲れているんです。休ませないといけないんです」

「どこか具合がわるいんですか?」と、わたしはきいた。

「姉の夫が、ひどいことをするんです」ニュートは、アンジェラのハンサムな若い夫、ファブリ・テックの社長、稀に見る成功者、ハリスン・C・コナーズに対するあからさまな嫌悪を表明した。「義兄はほとんど家に帰らないんですよ——たまに帰ってくれば、酔っぱらっていて、たいていそこらじゅう口紅だらけ」

「姉さんの話しぶりからは、幸福な結婚生活をされてると思ったけど」と、わたしは言った。

こびとのニュートは両手を六インチほど離してつきだすと、指をひろげた。「猫、いますか？　ゆりかご、ありますか？」

81　プルマン車の給仕の息子とその白人の花嫁

アンジェラのクラリネットから何が出てくるか、わたしは知らなかった。何が出てくるか、想像しえたものはいなかったろう。

何か病的なものを予想しはしたが、病気の底深さ、激しさ、耐えがたいばかりの美しさは予想を越えていた。

アンジェラは吹き口を湿し、暖めた。だが試しの音はいっこうに吹こうとしなかった。その目はあらぬほうを見やり、長い骨ばった指は、音のしないキーの上でものうげに踊った。

わたしはひたすら待ちうけ、マーヴィン・ブリードの言葉を思いだした——アンジェラが父親とのわびしい生活から逃避する唯一の方法は、自分の部屋に鍵をかけてこもり、レコードにあわせてクラリネットを吹くことだけだったという。

ニュートは、テラスの続きの部屋にある大きなプレーヤー・セットにＬＰレコードをのせていた。そしてレコード・ジャケットを手に戻ると、ジャケットをわたしによこした。

タイトルは〈キャット・ハウス・ピアノ〉。ミード・ラクス・ルイスの伴奏なしピアノ曲だった。

トランス状態を深めようと、アンジェラはルイスの最初のナンバーには加わらなかったので、ジャケットにあるルイスの経歴をいくらか読むことができた。

「ルイス氏は、一九〇五年、ケンタッキー州ルイヴィルに生まれた。音楽の道に進んだのは十六歳の誕生日を過ぎてからで、父から与えられた楽器はヴァイオリンだった。一年後、若きルイスは偶然にジミー・ヤンシーのピアノを聞く。〝これこそ、おれが捜していたものだった〟と、ルイスは当時の思い出を語っている。やがてルイスはブギウギ・ピアノの独習を始め、ヤンシーから得られるすべてを吸収した。ヤンシーは以後、死ぬまで、ルイス氏の親しい友人であり、偶像であった。ルイス氏の父はプルマン車（無仕切りの特別一等車輛）の給仕だったので、ルイス一家は鉄道のそばに住んでいた。列車のリズムは自然に若きルイスの身につき、そこから生まれでたブギウギ・ソロが、今やこの分野のクラシックとされ親しまれている〈ホンキー・トンク・トレイン・ブルース〉である」

わたしはジャケットから目をあげた。レコードの最初のナンバーは終っていた。針はスクラッチ音をあげながら空虚をわたり、つぎのナンバーへ移ろうとしている。ジャケットを見ると、つぎは〈ドラゴン・ブルース〉とあった。

ミード・ラクス・ルイスは一人で四小節を弾いた——そこでアンジェラ・ハニカーが加わった。

その目は今はとじている。

わたしはびっくり仰天していた。

すばらしかったのだ。

プルマン車の給仕の息子の曲にあわせて、即興演奏《インプロバイズ》する。それは、澄みきったリリシズムから、かきむしるような官能へと変り、さらに怯えた子供の金切り声の狂騒へ、ヘロインの生みだす悪夢へと達した。

彼女の滑奏《グリッサンド》は、天国と地獄とそのあいだにあるすべてを語っていた。

こんな女からこんな音楽が出るとは、統合失調症か悪魔のしわざとしか考えられない。

わたしの髪は逆立っていた。アンジェラが床をのたうちまわり、口から泡をふいて、バビロニア語をべらべらしゃべるさまをまのあたりにしているようだった。

曲が終ると、わたしはジュリアン・キャッスルにむかって頓狂な声をはりあげた。キャッスルのほうも呆然と立ちすくんでいる。「すごい——人生そのものだ！　そのうちの一分だって、わかる人間がいるだろうか？」

「理解しようなんて思うんじゃないよ」と彼は言った。「理解したふりをすればいいんだ」

「はあ——それはいい」わたしは気勢をそがれてしまった。

キャッスルはまた一つ詩を引用した——

虎は獲物を追わなくちゃならん
鳥は空を飛ばなくちゃならん
人はすわって考えなくちゃならん「なぜだ、なぜだ、なぜだ？」と
虎は食べたら眠らなくちゃならん
鳥は飛んだらおりなくちゃならん
人はわかったと思わなくちゃならん

「それは何からですか？」

「『ボコノンの書』からじゃなかったら何だと言うんだ？」

「そのうち読みたいものですね」

「なかなか手にはいらないよ」とキャッスル。「印刷されてるものじゃないから。手作りだ。それにもちろん、完本はない。ボコノンは毎日、新しいものをつけ加えてる」

ニュートが鼻を鳴らした。「宗教なんて！」

「何と言ったかね？」とキャッスル。

「猫、いますか？」とニュートは言った。「ゆりかご、ありますか？」

82 〈ザーマーキボ〉

フランクリン・ハニカー少将は夕食の席に現われなかった。かわりに電話をよこし、ほかの誰でもなく、ただわたしとだけ話をしたがった。フランクの話では、いま彼は〝パパ〟の看病にあたっており、〝パパ〟はひどい痛みで死にかかっているという。その声はおどおどし、寂しそうだった。

「ですが」と、わたしは言った。「なぜホテルへ帰ってはいけないんですか？　危険が過ぎたとき、会うことだってできるでしょう？」

「いかん、いかん、いかん。そこにいるんだ！　すぐつかまるところにいてほしいんだ！」うろたえ気味なのは、わたしが手の届かないところへ行ってしまうのを恐れているからだ。彼の意志がつかめないわたしのほうも、うろたえだしていた。

「どういうわけで会いたいのか、すこしでも説明していただけませんか？」

「電話じゃだめだ」

「お父上のことですか？」

「きみのことだ」

「わたしが何かしたのですか？」

「これからするんだ」

フランクの電話の近くで、にわとりの鳴き声がしていた。そしてドアのあく音。シロホンの曲がどこかの部屋から聞えてくる。曲はまた「一日の終りに」だった。そこでドアがしまり、曲は聞えなくなった。

「わたしが何をすることになるのか、せめてヒントぐらいくれませんか――心の準備をするためにも」

「〈ザーマーキボ〉だ」

「え？」

「ボコノン教の用語だよ」

「ボコノン教の用語というのを知らないんですよ」

「そこにジュリアン・キャッスルはいるか？」

「ええ」

「彼にききたまえ」とフランク。「もう行かなきゃならない」電話をきった。

そこで、わたしはジュリアン・キャッスルに〈ザーマーキボ〉の意味をたずねた。

「簡単な答えがいいか、それとも全部聞くか？」

「簡単なほうから聞きます」

「宿命さ——避けられない運命のことだ」

83 ドクター・シュリヒター・フォン・ケーニヒスワルト、大幅に罪をつぐなう

「癌だ」と、ジュリアン・キャッスルが言った。〝パパ〟が苦痛で死にそうだと、わたしが夕食の席で話したのである。

「何の癌ですか？」

「どこもかしこも癌だね。きょう閲兵台で倒れたと言ったな？」

「ええ、倒れたわ」とアンジェラ。

「あれは薬のせいだ。今ちょうど彼は、薬と苦痛がつりあっている状態にある。これ以上、薬を与えれば死ぬ」

「ぼくだったら自殺するな」とニュートがつぶやいた。彼がすわっているのは、座部の高い折りたたみ椅子で、人の家を訪問するときにはいつも持っていくのだという。それは、アルミ管とカンバス・シートでできていた。「辞書と地図帳と電話帳の上にすわるよりはるかにいいですよ」椅子を広げるとき、彼はそう言った。

「マッケーブ伍長はそうしたわけだ、むろん」とキャッスル。「自分の召使い頭を後継者に任命すると、拳銃で自殺した」

「やはり癌？」と、わたし。

「よくわからない。ちがうと思うね、わしは。悪行の積み重なりに疲れきったんだ、とこれは推測だが。わしが来る前の時代だからな」

「本当に楽しいお話だわ」アンジェラが皮肉めかして言った。

「今が楽しい時代だということには、みんな同感だと思うね」とキャッスル。

「それにしても」と、わたしは彼に言った。「今あなたがしておられることを考えれば、青年時代には、たいていの人びとよりももっと楽しむ権利はあったと思いますね」

「むかしヨットを持ってたことがあるよ」

「どういう意味かわかりませんが」

「ヨットを持ってたってことは、たいていの人間よりも楽しんだという証拠さ」

「ところで、あなたが〝パパ〟の主治医でなければ、主治医は誰なんですか？」

「うちの医者の一人で、ドクター・シュリヒター・フォン・ケーニヒスワルトという人だ」

「ドイツ人？」

「まあね。彼は十四年間、SS《ヒトラー親衛隊》に所属していた。そのうち六年間は、アウシュヴィッツ収容所の医者だった」

「〈希望と慈悲の館〉で罪の償いをしているわけですか？」

「そう。右から左へと人命を救い続けて、もう相当のところへ来たよ」

「それはけっこうですね」

「うん。今の割合で昼夜働けば、助けた数と死なせた数は三〇一〇年にちょうど同じになる」

わたしの〈カラース〉のメンバーがまた一人増えることになった。ドクター・シュリヒター・フォン・ケーニヒスワルトである。

84 暗転

夕食後三時間たっても、フランクは帰宅しなかった。ジュリアン・キャッスルは暇《いとま》ごいして、〈ジャングルの希望と慈悲の館〉へ帰っていった。

アンジェラとニュートとわたしは、そのままテラスにとどまった。下に見えるボリバルの灯が美しい。モンザーノ空港管理ビルの屋上には、巨大な電飾の十字架が輝いている。モーターがとりつけてあるので、十字架はゆっくりと回転しながら、いかにも電気らしい敬虔さで万遍なく三十二方位を向いていた。

島の北側にも、明るい場所がいくつかある。山々に妨害されて直接見ることはできないが、空に映る光の円でそれがわかった。わたしはフランクリン・ハニカーの召使い頭に、オーロラの源をたずねた。

スタンリーは、逆時計まわりに指していった。「〈ジャングルの希望と慈悲の館〉、

〝パパ〟の宮殿、それにジーザス砦です」

「ジーザス砦？」

「この国の兵隊訓練所です」

「イエス・キリストに因《ちな》んでつけたのか？」

「もちろん」

北側に、また一つ光の円ができて、みるみる大きくなった。何かときく前に、その正体が現われた。山の尾根にたどりついた車のヘッドライトである。ヘッドライトはこちらにむかってくる。軍用車隊だった。

軍用車隊は、五台のアメリカ製軍用トラックからなっていた。機関銃手たちが、運転台の上の円型銃座にのっている。

軍用車隊は、フランクの屋敷の私道にはいってとまった。兵士たちはすぐに降りた。そして地面にたこつぼや機関銃用の土壕を掘りはじめた。わたしはフランクの召使い頭といっしょに外に出て、どうしたのかと担当の将校にきいた。

「サン・ロレンゾの次期大統領の警護を命ぜられたのです」と将校は島の訛りで言った。

「今ここにはいないよ」わたしは彼に教えた。

「そういったことは知りません。わたしの受けた命令は、ここに穴を掘って待機することだけです。知っているのは、それだけです」

わたしはアンジェラとニュートにこれを話した。

「本当に危険なのかしら？」アンジェラがわたしにきいた。

「さあ、この国の事情は知らないから」

その瞬間、送電に故障が起こった。サン・ロレンゾ全土の電気が消えた。

85 〈フォーマ〉のかたまり

フランクの召使いたちがガソリン・カンテラを持ちこみ、わたしたちに、サン・ロレンゾでは停電は普通だから心配しなくてよいと説明した。だが、わたしはどうしても不安をぬぐいきれないでいた。フランクから〈ザーマーキボ〉の話をすでに聞いてしまっていたからだ。

彼の話しぶりからすると、わたしの自由意志などは、シカゴの家畜収容所に到着した豚《ブー》ちゃんの自由意志みたいに筋違いなものらしいのだ。

わたしは、イリアムにあった天使像のことをまた思いだした。

おもてにいる兵士たちの仕事のようす――チャリンチャリン、ザクザク、ぶつぶついう声と音に耳を傾ける。

アンジェラとニュートの会話はかなり興味ぶかい問題にはいっていたが、わたしは注意を集中することができなかった。二人の話によると、ハニカー博士には博士とそっくりの双子の弟がいるという。会ったことはない。名前はルドルフといい、最後のたよりでは、スイスのチューリッヒでオルゴールを作っているということだった。

「おとうさまはその人のことをほとんど話さなかったわ」とアンジェラ。

「誰の話だってしたことなかったじゃないか」とニュートが言いかえした。

父親にはまた妹もいるのだ、と二人は話した。ニューヨーク州シェルター・アイランドで大型のシュナウザー犬を育てる仕事をしているという。

「毎年、クリスマス・カードを送ってくれるわ」とアンジェラ。

「大きなシュナウザーの写真がのってるんだよね」とニュート。

「ほんとにおかしいわ、たくさんの家からたくさんの人が生まれてきて、それがみんな違っているなんて」

「確かにそうだな、名言だ」わたしは同感した。わたしは才気に溢れる友人たちのところを失礼して、召使い頭のスタンリーに、この家に『ボコノンの書』はないかとたずねた。

スタンリーは、わたしの問いにしらばくれていた。やがて、ぶすっとした顔で『ボコノンの書』は屑だと言った。つぎには、そんなものを読む人間は鉤吊りにされるといいと力説した。そして、フランクのベッドぎわのテーブルから持ってきた。

『ボコノンの書』はずっしりと重かった。無省略版の辞書くらいの大きさ。そして手書きだった。わたしは本を寝室に、天然の岩棚のベッドに運んだ。

『ボコノンの書』には索引がないので、〈ザーマーキボ〉の意味をさがすのは困難をきわめた。じっさいのところ、その夜は何の成果もあがらなかった。

いくつかわかったこともあるが、ほとんど役にたたなかった。一例が、ボコノン教の宇宙論である。それによれば、〈ボラシシ〉、つまり太陽が、〈パブ〉、つまり月を両の腕に抱き、燃えさかる子を〈パブ〉が産むようにと望んだことになっていた。

だが〈パブ〉が産んだのは、冷えた、燃えない子供たちだった。〈ボラシシ〉は子供たちを嫌って放り出した。これが惑星で、彼らは安全な距離をおいておそろしい父親の周囲をまわっている。

やがて〈パブ〉は捨てられ、彼女のいちばん愛する息子と暮すようになった。それが地球である。地球を〈パブ〉が愛したのは、その上に人びとが住んでいるからだった。

そして人びとも彼女を見あげ、彼女を愛し、その境遇に同情した。

さて、ボコノンは、彼自身がつくったこの宇宙論についてどんな意見を持っているのか？

「〈フォーマ〉だ！　うそっぱちだ！」ボコノンは書いている。「〈フォーマ〉のかたまりだ！」

86　二つの小さな魔法びん

眠ったとは思えないが、眠ってしまったにちがいない——でなければ、一連のバンバンいう音と光の洪水にどうして目が覚まされるだろう？

最初のバンで、わたしはベッドからころがり出ると、志願消防夫さながらの無思考、恍惚の境地のまま家の中心部へと走った。

危うくニュートとアンジェラに正面衝突するところだった。二人もそれぞれベッドからとびだして来たのである。

わたしたちはあわてて停止し、おどおどしながら周囲から聞える悪夢のような物音を分析した。音をそれぞれ選り分けてみると、一つはラジオ、一つは電気皿洗い機、一つはポンプであることがわかった——電力が回復したので、ふたたび活動を始めたのだ。

三人とも、このこっけいな状況が呑みこめるくらいにはなんとか目が覚めていた。死の瀬戸際のように見えながら、じつはなんでもない事態に直面して、わたしたちはいかにも人間的な、おもしろい反応を見せたのである。わたしはまぼろしの運命を乗りこえた証拠に、ラジオのスイッチを切ってみせた。

三人とも笑いだした。

たがいにはりあったのだ。体面をつくるため、自分こそもっとも優れた人間性の探究者、もっとも鋭いユーモア感覚の持主であることを証明しようと。

立ち直るのは、ニュートがいちばん早かった。ニュートは、わたしの手に旅券と札入れと腕時計があるのを見つけた。死を前にして自分が何を持つかなど考えたこともない——何かを持っているとは思ってもいなかった。

対抗上わたしもほがらかに、二人ともなぜ小さな魔法びんをさげているのかとたずねた。アンジェラもニュートも、コーヒーが三杯ぐらいはいりそうな、赤とグレーのそっくりの魔法びんを持っている。

そんな魔法びんをさげていると知ったのは、そのときがはじめてらしい。手にあるものを見て、二人は呆然としている。

おもてでまたバンバンが始まり、二人は説明をしないですんだ。バンバンの原因を知るほうが、わたしには先決だった。さっきのうろたえぶりと同じくらい理屈にあわない堅い決意をもって、わたしは調査にあたり、音の正体を知った。フランク・ハニカーが、トラックに積んだ電動発電機をいじくっていたのだ。

その発電機が、新しい電源なのだった。動力を送るガソリン・モーターが、バックファイアを起こし、煙を吹いている。フランクはその修理をしていた。

そばには、天使のようなモナがいる。いつものことながら、見つめる彼女の眼差しは真剣だった。

「おう、あんたに知らせることがある！」彼はそう叫び、先にたって家にはいった。

アンジェラとニュートはまだ居間にいた。だが、あの奇妙な二個の魔法びんは、いつのまにか、どこかへ隠してしまっていた。

もちろん、その魔法びんのなかには、フィーリクス・ハニカー博士の形見、わたしの〈カラース〉の〈ワンピーター〉、アイス・ナインのかけらがあったわけである。

フランクはわたしをわきに連れて行った。「どうだ、目は覚めているか？」

「今までなかったくらいに、ぱっちり覚めてますよ」

「それが本当だといいんだがね。今すぐ話をつけなくちゃならないんだ」

「けっこうですよ、始めて」

「誰もいないところへ行こう」フランクはモナに、楽にして待っているようにと言った。「用があるときには呼ぶからね」

わたしはほれぼれとモナを見つめ、そして思った。わたしにとって彼女ほどかけがえのない存在はない、と。

87 わたしの見てくれ

さて、フランクリン・ハニカーだが——この類のこけたおとな子供は、カズー笛（声を出して吹くと、同じ音が拡大され、すこしあやふやになり、鼻にかかった音となって出てくる）を思わせる声音と確信でものを言うのだった。陸軍では、なんのなにがしはまるでケツの穴が抜けたみたいな喋りかたをするという話を耳にする。ハニカー将軍は、そんな人間だった。間諜X9号として日かげの子供時代を送ってきた哀れなフランクは、人と話した経験がほとんどないのだった。

親身に、説得力をこめて話そうというつもりなのだろう、彼はわたしに紋切型のことばかり言うのだった。「あんたの見てくれが気に入った！」「腹を割って話したいんだ、これは男と男の話だ！」こうである。

そして、「……白黒をはっきりさせて、物事をおさまるところにおさめる」ために、わたしを彼の〝巣〟と呼ぶところに連れて行った。

わたしたちは崖に刻まれた石段を下り、滝のうしろに隠れた天然の洞窟にはいった。内部には、製図台が二つ、スカンジナヴィア風の白っぽい木製椅子が三脚、それに建築の本のつまった書棚が一つあった。本は、ドイツ語、フランス語、フィンランド語、イタリー語、英語とさまざまだった。

行きとどいた照明が、電動発電機のあえぎにあわせて脈打っている。

しかし洞窟のもっとも目を見はる特徴は、壁に幼稚園児みたいな大胆さで描かれたいくつもの絵だった。色は、原初の人間たちが用いたまじり気なしの粘土色、土色、炭色。洞窟の壁画がいつごろの年代のものなのか、フランクにきく必要はなかった。その題材によって時代を知ることができた。マンモスや、サーベル虎や、たくましい男根さながらのほらあな熊を描いたものではない。

それらの絵が際限なく扱っているのは、少女時代のモナ・アーモンズ・モンザーノのさまざまな姿態なのだった。

「ここは――ここは、モナの父上の仕事場ですか？」と、わたしはきいた。

「そうだ。フィンランド人で、〈ジャングルの希望と慈悲の館〉を設計した」

「知っています」

「そんなことを話すためにここへ連れてきたわけじゃない」

「あなたの父上のことですか？」

「あんたのことさ」フランクはわたしの肩に手をおくと、わたしの目を見つめた。その効果はがっかりさせるものだった。フランクとしては、友情をわたしに吹きこむつもりなのだろう。ところがわたしの目には、彼の顔は、変な恰好の小さなふくろうが、光に目がくらんだまま、高い白い柱の上にとまってるようにしか見えないのだ。

「そろそろ肝心な点にはいってもいいんじゃないですか？」

「藪のまわりを叩いてもしようがないか。自分で言うのもおかしいが、ぼくには人を見る目はあると思う。あんたの見てくれが気に入った」

「光栄です」

「あんたとならやってけると思う」

「わたしもそう思います」

「おたがいどこかウマがあうんだな」

手が肩からどいたので、わたしはほっとした。フランクは両手の指を歯車の歯のようにからませた。一方の手は彼であり、もう一方はわたしなのだろう。

「持ちつ持たれつやっていかなくちゃならない」彼は指をうごめかせ、歯車の動くところを見せた。

わたしはおもてむき親しげな態度をとりながら、しばらく黙っていた。

「ぼくの言う意味がわかるか？」やがてフランクがきいた。

「あなたとわたしで——二人で何かをやるわけですか？」

「そのとおりだよ！」フランクは両手を打ちあわせた。「あんたには世才がある。世間とのつきあいに慣れている。反対に、ぼくは技術屋だ。裏にまわって働き、物事を動かすことに慣れている」

「わたしがどんな人間かどうしてわかるんです？　会ったばかりなのに」

「あんたの服装だ、また話しかただ」フランクはまたわたしの肩に手をのせた。「あんたの見てくれが気に入ったんだ！」

「それはわかりました」

フランクは彼の考えをわたしにしめくくらせようとやっきになっていた。だが、わたしは相変らず五里霧中だった。「ということは、つまり……あなたがわたしに、このサン・ロレンゾで何か仕事をくれるという意味なのですか？」

フランクは両手を打ちあわせた。上機嫌だった。「そのとおりだ！　年に十万ドルやると言ったら？」

「すごい！」と、わたしは叫んだ。「何をするんです？」

「実際問題としては何もしなくていい。金の皿で食事をして、毎晩、金の杯で酒を飲んで、それから宮殿が全部あんたのものになる」

「仕事とは？」

「サン・ロレンゾ共和国の大統領だ」

88　なぜフランクは大統領になれないか

「わたしが？　大統領に？」わたしは息を呑んだ。

「ほかに誰がいる？」

「気ちがいじみてる！」

「ノーという前に本気で考えてくれ」フランクは不安げに見つめている。

「だめですよ！」

「本気で考えていないんだ」

「気ちがいざただということぐらいはわかります」

フランクはふたたび指をからませた。「われわれは協力してことにあたるんだ。ぼくが四六時中あんたをバック・アップする」

「それはいい。わたしが正面からやられれば、あなたも道連れになってくれる」

「やられる？」

「撃たれるんですよ！　暗殺されるんだ！」

フランクは、わからないという顔をした。「何であんたが撃たれる？」

「誰かがかわって大統領になるためですよ」

フランクは首をふった。「誰も大統領になりたがるやつなんかいないったら、このサン・ロレンゾには」彼はわたしに保証した。「宗教に反するんだ」

「あなたの宗教にも反するんでしょう？　あなたが次期大統領だと思っていた」

「ぼくは……」と言ったが、それ以上言葉が出ない。その顔は、何かに憑かれたようだった。

「何ですか？」

フランクは洞窟のカーテンになっている水の壁に向いた。「成熟というのは自分の限界を知ることだ、とぼくは思う」

成熟の定義においては、彼はボコノンからそれほど遠くないところにいた。ボコノンはこう言っている、「成熟とは苦《にが》い失望だ。治す薬はない。治せるものを強いてあげるとすれば、笑いだろう」

「自分に限界があることは知ってる」とフランクは続けた。「父が持っていた限界と同じだ」

「ほう？」

「ぼくには、すばらしいアイデアがたくさんある、父と同じように」フランクは滝とわたしにむかって言った。「だが、父はおおぜいの人間と会うのが不得手だった。ぼくも同じだ」

「承知するか？」フランクは心配そうにきいた。

89 〈ダフル〉

「おことわりですね」

「誰か承知しそうな人間を知らないか?」フランクの質問は、ボコノンが言う〈ダフル〉の古典的な実例だった。ボコノン教で言う〈ダフル〉とは、〈スタッパ〉の手中におかれた何千、何万という人びとの運命である。頭の悪い子供を〈スタッパ〉という。

わたしは笑った。

「何がおかしい?」

「わたしが笑うのなんか気にしないでください。この方面では、悪名高い不心得者なんだから」

「ぼくのことを笑ったのか?」

わたしは首をふった。「とんでもない」

「誓うか?」

「誓います」

「人はいつもぼくを笑いものにしたもんだ」

「そんな気がしただけでしょう」

「馬鹿にしたようなことをちゃんと言うんだ。気のせいであるものか」

「そのつもりはなくて、意地悪してしまうようなことがありますからね」とわたしは言ったが、この言葉は彼の前で誓う気はなかった。

「なんて言ったかわかるかい？」

「いや」

「こう言うんだ、〃おうい、X9号、どこへ行く？〃」

「それほどひどいとも思いませんが」

「それが名前なんだ」フランクは陰気に昔を思い返しながら言った。「〃間諜X9号〃さ」

それはもう知っているとは、わたしは言わなかった。

「〃どこへ行くんだ、X9号？〃」フランクはくりかえした。

わたしは、そう言ってあざけった人びとの姿や、運命の女神が彼らを追いやった先を想像した。フランクをからかった才子たちも、いまごろは、ジェネラル金属や、イリアム電力や、電話会社の死ぬほど退屈な仕事にすっぽりはまりこんで身動きできなくなっていることだろう……

一方、ここでは、かつての間諜X9号が今や陸軍少将となり……南国の滝のカーテンがおりた洞窟のなかで、なんということか、わたしに国王の位を与えようとしているのだ。

「立ちどまって行き先を言ってやったら、驚いたにきまってるんだ」

「ここの島へ来るという予感でもあったのですか?」これは、ボコノン教的な質問である。

「〈ジャックのホビイ・ショップ〉へ行く途中なのさ」間の抜けた返事をしたとは思っていないようだった。

「ほう」

「そこへ行く途中だというのはみんな知ってたんだ。だが、本当は何しに行くか知っちゃいないのさ。本当は何しに行ってたか知ったら、驚いたにきまってる——特に女の連中は。女のことなんか、あいつらは知らないと思ってたんだ」

「本当は何をしてたんですか?」

「毎日、ジャックの女房とセックスしてたのさ。だからハイスクールではいつも寝てしまう。能力を充分出しきれなかったのは、そのせいなんだ」

フランクはそのあさましい回想をうちきって、われにかえった。「さあ! サン・ロレンゾの大統領になってくれ。あんたならうまくやれる、その人柄なら。どうだ?」

90　たった一つの裏

そして、夜、洞窟、滝――そして、イリアムの天使の石像……

そして、二十五万本のタバコと、三千クォートの酒と、二人の妻と、ひとり身……

そして、どこにもない愛……

そして、インクにまみれた三文作家のだらけた生活……

そして、〈パブ〉、つまり月と、〈ボラシシ〉、つまり太陽と、その子供たち……

そのすべてが共謀して、一つの宇宙的な〈ヴィンディット〉、ボコノン教への強力なひと押しをかたちづくり、わたしに信念を与えた。神はわたしの人生をあやつり、わたしに仕事を与えようとしているのだ、という信念を。

内心では、わたしは〈サルーン〉していた。つまり〈ヴィンディット〉の意向に従っていた。

内心では、わたしはサン・ロレンゾの次期大統領になることに同意していた。

だが、うわべでは、まだ疑わしげに警戒していた。「なにか裏があるはずだ」わたしはくいさがった。

「ない」

「選挙があるでしょう？」

「今までそんなものはなかった。これからだって、新しい大統領は誰だれと発表するだ
「それで誰も文句を言わない？」

「誰も何も文句を言わないよ。興味がないんだ。誰がなろうと知ったこっちゃない」

「なにか裏があるはずだ！」

「一つ、そういえばいえるものがあるな」

「だと思った！」わたしは〈ヴィンディット〉から逃げ腰になった。「何ですか？　何ですか、その裏とは？」

「いや、裏というほどでもないな。いやなら、しなくてもすませられるんだから。しかし、けっこうな話だと思うんだがね」

「けっこうな話というのを聞こうじゃないですか」

「うん。もし大統領になるんだったら、モナと結婚することになると思うんだ。だが、いやなら、しなくたっていいんだぜ。きめるのは、あんただ」

「モナがわたしと？」

「ぼくを受けつけるのなら、あんたも受けつけるさ。モナにそう頼むだけでいい」

「イエスなんて言いますかね?」

「『ボコノンの書』に予言がある。サン・ロレンゾの次期大統領になる男と、モナは結婚するんだ」

91 モナ

フランクはモナを彼女の父の洞窟に連れてくると、わたしたちをそこに残して去った。

はじめは、思うように話ができなかった。わたしがしりごみしてしまったのだ。

彼女のガウンは透き通っていた。澄みきった空にも似た青だった。簡単なガウンで、腰のあたりを蜘蛛の糸のような紐で軽くとめている。ほかの部分は、モナ自身がかたちづくっていた。彼女の乳房は、ざくろのようだとも、何のようだとも言っていいが、やっと少女時代を過ぎようとしている女の乳房とは思えない。

両脚はあらわだった。足の爪は美しくていねいにマニキュアされていた。ちっちゃなサンダルは金色だった。

「こ、今晩は。ご機嫌はいかが?」と、わたしはきいた。心臓が高鳴っていた。血が耳のなかで沸きかえっていた。

「間違いは起こりそうもありません」モナはわたしを力づけた。

内気な人間に会ったとき、ボコノン教徒がみんなそういうあいさつを慣例ですることを、わたしは知らなかった。そこでわたしは、ヘマをするか否かについての熱のこもった議論で、これにこたえた。

「そんな。あなたは知らないんですよ、ぼくが今までどれだけヘマをしでかしてきたか。今、あなたの前にいるのは、間違い起こしの世界チャンピオンですからね」わたしはこんなことをべらべらとまくしたてた――そして、「フランクがさっきぼくに何と言ったと思います?」

「わたしのこと?」

「いろんなことを言ったけど、特にあなたのこと」

「あなたが望むなら、わたしはあなたを受けいれると言ったんでしょう」

「ええ」

「それは本当です」

「ぼく――ぼくは――ぼくは……」

「何ですの?」

「何と言ったらいいのか」

「〈ボコマル〉をすると落ち着きますわ」

「何をですか？」

「靴をお脱ぎなさい」彼女は命じると、この上ないしとやかさでサンダルを脱ぎすてた。

わたしは世慣れた男である。一度数えたところによると、知っている女は五十三人を下らない。ありとあらゆるやりかたで、女が着物を脱ぐところを見てきたと言うことができる。最後の行為にうつるとき、カーテンが開くさまをありとあらゆるかたちで見てきている。

しかし、わたしに思わず呻き声をあげさせたこの女は、ただサンダルを脱いだだけだった。

わたしは靴紐をほどこうとした。どんな花婿だって、これほどのヘマはするまい。片方の靴は脱いだのだが、もう一方は、靴紐を逆にかたく結んでしまった。結び目で親指の爪を割り、最後は紐をほどかずに足から靴をもぎとった。

つぎに靴下が脱げた。

モナはもう床にすわって脚をのばし、ふっくらした両腕をうしろにやって身体を支えている。顔はのけぞり、目はとじていた。

今やわたしの動き一つで、それは完了するのだった。わたしの最初の——最初の——最初の、おお、神よ……
〈ボコマル〉が。

92 はじめての〈ボコマル〉を祝う詩

これは、ボコノンの言葉ではない。わたしの言葉である。

愛しき魂《たま》よ
目に見えぬ霧のごとき……
われ——
わが心——
久しく愛を求め
未だ得ず
夢に描くも一つの心はいずこ

二つの心の
出会うところを
このときまで
われ知らざりき
そはわが蹠《ソウル》、わが蹠《ソウル》！
わが心《ソウル》よ、わが心《ソウル》よ
ゆけ
愛しき心よ
口づけを受けよ
ムムムムムムム

93 モナを失いかける

「話がしやすくなりました？」とモナがきいた。

「一千年も昔から、あなたを知っているようだ」わたしは泣きたい気持だった。「愛しているよ、モナ」

「愛しています」彼女はあっさりと言った。

「フランクはなんて馬鹿なんだろう！」

「なぜ？」

「きみを手離すなんて」

「わたしを愛していないんです。〝パパ〟が望んだから、そうしようとしたまでで。ほかに愛している人がいるんです」

「誰？」

「イリアムで知っていた人」

その幸運な女は、〈ジャックのホビイ・ショップ〉の主人の細君にちがいない。「きみにそれを話したの？」

「今夜。あなたと結婚させようと、わたしを手離すとき」

「モナ」

「え？」

「今――今まで、ほかに誰かいた？」

彼女はけげんな顔をした。「たくさん」とうとう言った。

「きみの愛している男が？」

「わたしはみんなを愛しています」

「ぼく――ぼくと同じくらいに？」

「ええ」わたしがやきもちを焼くとは考えてもいないらしい。

わたしは床から立ちあがると椅子にかけ、靴下と靴をはきはじめた。

「きみは、いまぼくと――行なった――したと同じようなことをするの――ほかの人と？」

「〈ボコマル〉のこと？」

「〈ボコマル〉のこと」

「ええ、もちろん」

「これからはぼく以外のものとはしないでほしいんだ」わたしはきっぱりと言った。

モナの目に涙があふれた。自分の貞節のなさを誇りにしているのだ。それを恥かしめるわたしに腹をたてているのだ。「わたしは人びとを幸福にするのです。愛するのは、よいことです。悪いことではありません」

「きみの夫として言うんだ。きみの愛を、ぼくだけのものにしたいんだ」

モナは目を丸くしてわたしを見た。「〈シンワット〉！」

「それは何？」

「〈シンワット〉です！」叫んだ。「人の愛をひとり占めにしようとする男です。それはとても悪いことです」

「結婚している場合には、それはとてもよいことだと思うんだが。それしかない」

モナは床にすわったまま。一方、わたしは靴下も靴もはきおわり、立っていた。背はたいして高くないのだが、自分が非常に背が高いような気がした。たいして力はないのだが、自分が非常に力があるような気がした。わたしは、自分の声を尊敬の念をこめて聞いた。声には、今までにない金属のように冷たい権威がこもっていた。

丸頭の金槌みたいなビクともしない声で話を続けるうちに、この場で起ころうとしていることに、すでに起こりはじめていることに、ふと気づいた。わたしはもう支配しようとしているのだった。

わたしはモナに、島に着いてまもなく、閲兵台の上でパイロットと一種の直立〈ボコマル〉をしているところを見た話をした。「これからはあの男と何もしてはいけない。何という名前なんだ？」

「知りません」と、ささやくように。今では、うつむいている。

「では、フィリップ・キャッスルとは？」

「〈ボコマル〉のこと?」

「いや、何でも、何もかもだ。きみたちはいっしょに大きくなったんだろう?」

「ええ」

「家庭教師はボコノン?」

「ええ」その顔はむかしの思い出にふたたび輝いた。

「そのころには、しょっちゅう〈ボコマル〉をやったんだね?」

「ええ、それは!」モナは幸福そうに言った。

「今後、彼と会ってはいけない。わかったね?」

「いやです」

「いや?」

「〈シンワット〉とは結婚しません」立ちあがった。「さようなら」

「さようなら?」わたしはうちのめされた。

「人をわけへだてなく愛さないのはとても悪いことだとボコノンは教えています。あなたの宗教では、何と言っていますか?」

「ぼく——ぼくには宗教はない」

「わたしには、あります」

わたしは支配を断念した。「そうか」

「さようなら、宗教のない人」彼女は石の階段のところへ行った。

「モナ……？」

彼女は立ちどまった。「はい？」

「きみの宗教がぼくに受けいれられるだろうか、もしそうしたいと思ったら？」

「もちろんですわ」

「ぼくはそうしたい」

「すてき。あなたを愛します」

「きみを愛してる」わたしはため息をついた。

94 最高峰

こうして、わたしは夜の明けるころ、世界一美しい女と許嫁《いいなずけ》のちぎりを結ぶことになった。そしてまた、わたしはサン・ロレンゾの次期大統領となることに同意した。

〝パパ〟はまだ死んでいないので、フランクは、できることなら〝パパ〟の祝福を受けるようにと望んでいた。そこで、〈ボラシシ〉、つまり太陽がのぼるころ、フランクとわたしは、次期大統領の警護にあたる兵士たちから徴発したジープで、〝パパ〟の城へとむかった。

モナはフランクの家にとどまった。わたしは清い気持で彼女にキスし、彼女は清い眠りについた。

いくつもの山を越え、野生のコーヒー樹林を抜け、右手に華麗な朝日を受けて、フランクとわたしはとばした。

日の出とともに、島の最高峰マッケーブ山の、くじらを思わせる雄姿が見えてきた。それは恐るべき巨塊、しろながすくじらで、背中には奇妙な岩のでっぱりが一つあり、それが頂きになっている。山をくじらに見たてるなら、でっぱりは折れた銛と言えるだろう。そこだけが山の他の部分と比べてあまりにも違っているので、人工のものなのかとフランクにきいた。

天然の岩だという答えが返ってきた。しかもフランクが断言することには、彼の知るかぎり、マッケーブ山の頂上をきわめたものはいないという。

「それほど登りにくそうもないじゃありませんか」わたしは感想を述べた。頂上のでっぱりを除けば、斜面は裁判所の石段と同じ程度の近づきがたさに見える。またこの距離からでは、でっぱりそのものも、岩棚や傾斜が都合よくいりみだれている。

「聖地とかそういうのですか?」

「昔はそうだったかもしれん。だけどボコノン以来そうじゃないよ」

「では、なぜ誰も登らないんです?」

「誰も登る気を起こさないんだな」

「わたしが登ろうかな」

「どうぞ。誰も止めやしないから」

わたしたちは黙りこくったまま車をすすめた。

「ボコノン教徒には、何が神聖なんですかね?」しばらくして、わたしはきいた。

「神すら神聖じゃないな、どうも」

「すると何も?」

「一つある」

わたしは二、三あてずっぽうを言ってみた。「海かな? 太陽かな?」

「人間さ」とフランクは言った。「それだけだ。人間なんだ」

95　鉤を見る

やっとわたしたちは城に着いた。

それは、地に伏した、黒い、冷酷そうな建物だった。

旧式な大砲がいまだに胸壁によりかかるようにして並んでいる。つる草や鳥の巣が、銃眼や狭間《はざま》や欄干につまっている。

北側の胸壁は途方もない断崖とひと続きになっていて、生暖かい海まで六百フィートを一気に下っていた。

このような石の堆積を見ると、必ずうかぶ疑問がある。取るに足らぬ人間が、これほど大きな石をどうして動かすことができたのか？　そして、このような石の堆積の常として、解答はひとりでに出てくる。盲目的な恐怖が、これらの巨石を動かしたのだ。

城は、逃亡奴隷、狂人、サン・ロレンゾ皇帝、トゥムブンワの意向によって建設された。トゥムブンワは、幼児の絵本から城の設計図のヒントを得たという。

よほど血なまぐさい本だったにちがいない。

宮殿の門に着くすこし前、わたしたちの車は、二本の電信柱とその上にはりわたした横桁から成る木造のアーチをくぐった。

横桁のまん中から、巨大な鉄の鉤が吊りさがっていた。鉤には、文字を書いた板が突き刺してある。

文字はこう布告していた、「この鉤はボコノンだけに用いられるべし」

わたしは鉤をもう一度ふりかえった。すると、そのとがった鉄の物体が、こう告げているように思われた。わたしは本当に支配者になるのだ。鉤を切り倒そう！　わたしはそう心に決めた。

しっかりした、公正な、心優しい支配者になって、国民を繁栄にみちびくのだ。わたしはいい気にそんなことを考えていた。

ファタ・モーガナ。

なんという幻想！

96　鐘と書とにわとり入りの帽子箱

フランクとわたしは、すぐ〝パパ〟に会うことはできなかった。主治医、ドクター・シュリヒター・フォン・ケーニヒスワルトが、半時間ほど待ってほしいと小声で知らせたからだ。

フランクとわたしは、〝パパ〟の自室のつぎの間、窓のない部屋で待った。部屋は縦横三十フィート、ごつごつした長椅子がいくつかと、カード・テーブルが一つ置いてあった。カード・テーブルの上には扇風機がある。壁は石だった。壁には、絵はおろか、装飾らしいものは何もなかった。

ただ一方の壁に、鉄の輪が二つ取り付けてあった。床からの高さは七フィート、間隔は六フィート。この部屋はむかし拷問室だったのか、とわたしはフランクにたずねた。

そうだ、そしてわたしが立っているマンホールの蓋は土牢の蓋なのだ、とフランクは答えた。

控えの間には、気のなさそうな衛兵が一人いた。また、キリスト教の牧師が、〝パパ〟の宗教上の要求を取り計らうために待機していた。牧師は、夕食を告げる真鍮の鐘と、ぽつぽつと穴のあいた帽子箱と、聖書と、肉切り包丁をたずさえていた――それらは彼のいる長椅子のわきに置いてある。

帽子箱のなかには生きたにわとりがいるのだと、その牧師はわたしに言った。にわとりがおとなしいのは、鎮静剤を飲ませたからだという。

二十五歳以上のサン・ロレンゾ人が例外なくそうであるように、彼も最低六十歳ぐらいには見えた。名前はヴォクス・ヒューマナ博士、一九二三年、サン・ロレンゾ寺院が爆破されたとき、飛んできて母親にあたったオルガンの音管（人の声に似た音を出すオルガンの音管を、ヴォクス・ヒューマナという）にちなんで名づけられたという。そして、父親はわからない、と恥ずかしげもなく言った。

わたしはヒューマナ博士に、キリスト教の何の教派かときき、キリスト教はある程度知っているつもりだが、にわとりと肉切り包丁ははじめてだ、と率直に意見を述べた。

「鐘はそれでおかしくないと思いますが」と、わたしは言った。

その牧師はなかなかの知識人であることがわかった。わたしを招きよせて見せた彼の博士号は、アーカンソー州リトル・ロックのウェスタン・ヘミスフェア聖書大学から授与されたものだった。ポピュラー・メカニックス誌の業種別広告を通じて大学とコンタクトしたのだという。大学のモットーは彼自身のモットーであり、にわとりと肉切り包丁も、それで説明がつくという話だった。大学のモットーはこうである——

宗教に永遠の生命を！

カトリック教も新教も、ボコノン教と同じように禁止されているので、新しいキリスト教の道を手さぐりで探さなければならなかったのだ、と牧師は話した。

「だから、こういう条件の下でキリスト教徒になろうとしたら、新しいものをたくさんこしらえなきゃならないんですよ」(So, if I am going to be a Christian under those conditions, I have to make up a lot of new stuff.)

じっさいには、彼はこんなふうに訛って言った。「ゾー・イェフ・ジャイ・バム・ゴン・ビー・クレッチェーン・フーナー・ヨーズ・コンスティージェン、ジャイ・ハップ・マイ・ヤップ・ウーン・ロット・ニー・ストップ」

ドクター・シュリヒター・フォン・ケーニヒスワルトが、〝パパ〟の部屋から出てきた。その姿はいかにもゲルマン的で、疲れきっているように見えた。「〝パパ〟に会っていいよ」

「疲れさせないようにします」とフランク。

「きみが殺してやれば喜ぶだろう」とフォン・ケーニヒスワルトは言った。

97 腐れキリスト教徒

〝パパ〟モンザーノとその非情な病気は、金色の小舟のベッドに横たわっていた——小舟は、舵柄、もやい綱、櫂受けなど、すべて金色に塗られていた。そのベッドは、ボコノンのかつてのスクーナー、レイディーズ・スリッパーの救命ボートである。遠い昔、ボコノンとマッケーブ伍長をサン・ロレンゾへと導いた船の救命ボートだった。

部屋の壁は白かった。だが〝パパ〟の放射する苦痛があまりにも熱く、明るいので、壁全面がけばけばしい赤にそまっているように見えた。

〝パパ〟は上半身はだかだった。てらてら光る腹はこわばり、風を受けた帆のようにぶるぶると震えていた。

首から鎖がさがり、その先にライフルのカートリッジぐらいの円筒がぶらさがってペンダントになっている。円筒のなかには、お守りがはいっているのだろう、とわたしは思った。この推測は間違っていた。なかにはアイス・ナインのかけらがはいっていたのである。

〝パパ〟はほとんど口がきけない状態にあった。歯はガチガチと鳴り、呼吸はまるで節度がない。

〝パパ〟の苦痛にゆがんだ顔は、小舟のへさきにあり、のけぞっていた。

ベッドのかたわらには、モナのシロホンがある。昨夜、音楽で〝パパ〟をなぐさめようとしたのだろう。

「〝パパ〟？」とフランクがささやいた。

「さいなら」　〝パパ〟はあえぎあえぎ言った。目はとびでているが、何も見ていなかった。

「友だちを連れてきたよ」

「さいなら」

「サン・ロレンゾの次期大統領になるんだよ。ぼくよりずっといい大統領になるよ」

「アイス！」と〝パパ〟が泣き声で言った。

「氷《アイス》をほしがってる」とフォン・ケーニヒスワルト。「だが持ってきても、とろうとしない」

〝パパ〟の目がぎょろぎょろと動いた。〝パパ〟は首の力を抜き、頭にかかっている体重をのけた。だが、すぐまた首に力がはいり、身体がそりかえった。「わしは知らん。誰がサン・ロレンゾの……」そこまでしか言葉が出ない。

わたしがかわりにしめくくった。「大統領だろうと？」

「大統領だろうと」〝パパ〟は言葉をあわせ、邪悪な笑みをうかべた。「幸運を祈る！」しわがれた声だった。

「ありがとうございます」

「わしは知らん！　ボコノン。ボコノンをつかまえろ」

この最後の言葉に、わたしはしゃれた返事をかえそうとした。人びとの幸福のために、ボコノンは常に追われ、常につかまらないことを思いだした。「つかまえます」

「あいつに言え……」

〝パパ〟からボコノンへの伝言を聞こうと、わたしはかがんだ。

「殺せないのが心残りだと言え」と〝パパ〟。

「言います」

「おまえ殺せ」

「はい」

〝パパ〟は声に力をこめ、命令口調で言った。「わしは本気だぞ！」

これには、わたしは何も答えなかった。誰を殺すつもりもなかったからだ。

「あいつが国民に教えるのは、嘘ばかりだ。やつを殺して、本当のことを教えるのだ」

「はい」

「おまえとハニカー。おまえたちは国民に科学を教えるのだ」

「はい、教えます」わたしは誓った。

「科学は、じっさいに使える魔法だ」

〝パパ〟は黙り、身体の力を抜き、目をとじた。そしてささやくように「臨終の式を」と言った。

フォン・ケーニヒスワルトが、ヴォクス・ヒューマナ博士を招じ入れた。ヒューマナ博士は、鎮静剤を盛ったにわとりを帽子箱から出すと、彼が理解するところのキリスト教にのっとった臨終の式の用意をはじめた。

〝パパ〟が片目をあけた。「おまえじゃない」彼はヒューマナ博士をあざけった。「うせろ！」

「ですが」とヒューマナ博士。

「わしはボコノン教の教義に従うものだ」〝パパ〟は荒い息の下で言った。「うせろ、腐れキリスト教徒め」

98 臨終の式

こうして、わたしはボコノン教の教義にある臨終の式をこの目で見る光栄に浴すことになった。

それにはまず、兵士や召使いのなかに、式次第を知っているとすすんで認め、〝パパ〟に対して行なうものを見つけなければならない。わたしたちは捜した。志願者はいなかった。鉤や土牢がこれほど近くにあっては、これは驚くにはあたらない。

そこで、ドクター・フォン・ケーニヒスワルトが、ひとつやってみようと言いだした。やった経験はないが、ジュリアン・キャッスルがやるのを、何百回となく見ていたからだ。

「あなたはボコノン教徒ですか？」と、わたしはきいた。

「一つボコノン教徒に同感できる考えがある。宗教は、ボコノン教も含めて、みんな嘘っぱちだということさ」

「このような儀式をすることには、科学者として抵抗がありませんか？」

「わたしは最低の科学者だよ。一人の人間が楽になるなら、わたしは何でもする。たとえ、それが非科学的なことだろうと。すこしはマシな科学者なら、こんなことは言いっこない」

そしてフォン・ケーニヒスワルトは、〝パパ〟のいる黄金の小舟にのぼった。彼は艫《とも》にすわった。場所が狭いので、黄金の舵柄を片腕にかかえなければならなかった。

彼は素足の上にサンダルをはいていたが、サンダルを脱ぎすてた。ついでベッドのすそのカバーを丸めあげ、〝パパ〟のはだかの足を外に出した。そして〝パパ〟の足の裏に自分の足の裏をつけ、〈ボコマル〉の古典的な姿勢をとった。

99 ジョット・ミート・マット

「ゴット・メイト・ムット」とドクター・フォン・ケーニヒスワルトが歌うように言った。

「ジョット・ミート・マット」と〝パパ〟モンザーノが唱和した。

「主は泥をつくられた（God made mud.）」二人はそれぞれの訛りで、そう言ったのである（フォン・ケーニヒスワルトは、もちろんドイツ語訛り）。以下、連禱の訛りは省略する。

「主はさみしく思われた」とフォン・ケーニヒスワルト。

「主はさみしく思われた」

「そこで主は泥のひとかたまりに言われた、〝立ちなさい！〟」

「そこで主は泥のひとかたまりに言われた、〝立ちなさい！〟」

「〝わたしのつくったものを見なさい〟と主は言われた、〝山を、海を、空を、星を〟」

「〝わたしのつくったものを見なさい〟と主は言われた、〝山を、海を、空を、星を〟」

「するとわたしは、立ちあがって、あたりを見まわした泥だった」

「するとわたしは、立ちあがって、あたりを見まわした泥だった」

「ありがたいことだ、泥にすぎないこのわたしを」

「ありがたいことだ、泥にすぎないこのわたしを」〝パパ〟の頬を涙がいく筋もつたっていた。

「泥のわたしは身体を起こし、主がなされたすばらしい仕事を見た」

「泥のわたしは身体を起こし、主がなされたすばらしい仕事を見た」

「みごとです、主よ！」

「みごとです、主よ！」〝パパ〟は心をこめて言った。

「あなたのほかにこんな仕事ができるものはいないでしょう、主よ！　わたしには、とてもできません」

「あなたのほかにこんな仕事ができるものはいないでしょう、主よ！　わたしには、とてもできません」

「あなたに比べると、わたしは取るに足りない存在に思えます」

「あなたに比べると、わたしは取るに足りない存在に思えます」

「すこしはマシに思えるのは、わたしみたいに立ちあがって見まわさなかったほかの泥のことを考えるときだけです」

「すこしはマシに思えるのは、わたしみたいに立ちあがって見まわさなかったほかの泥のことを考えるときだけです」

「わたしはこんなにたくさんのものを授かっているのに、ほとんどの泥は何も持っていません」

「わたしはこんなにたくさんのものを授かっているのに、ほとんどの泥は何も持っていません」

「デング・ユー・ヴォア・ダ・オンオー！」フォン・ケーニヒスワルトは叫んだ。

「ツェンク・ヴー・ヴォア・ロー・ヨンヨー！」〝パパ〟がぜいぜいと言った。

彼らはこう言ったのである。「この光栄に感謝します！（Thank you for the honor!）」

「そして、また泥が横になって眠りにつくときが来た」

「そして、また泥が横になって眠りにつくときが来た」

「泥のわたしがこんな思い出を持つことができるなんて！」

「泥のわたしがこんな思い出を持つことができるなんて！」

「なんとたくさんの興味ぶかい起きあがった泥に会ったことだろう！」

「わたしはわたしの見てきたすべてを愛します！」

「わたしはわたしの見てきたすべてを愛します！」

「おやすみなさい」

「おやすみなさい」

「わたしは天にのぼります」

「わたしは天にのぼります」

「わたしは待ちきれません……」

「わたしは待ちきれません……」

「わたしの〈ワンピーター〉が何であったか、早く知りたいのです……」

「わたしの〈ワンピーター〉が何であったか、早く知りたいのです……」

「そして、わたしの〈カラース〉に誰がいたか……」

「そして、わたしの〈カラース〉に誰がいたか……」

「そして、わたしたちの〈カラース〉が、あなたのためにどんなよいことをしたか、そのすべてを」

「そして、わたしたちの〈カラース〉が、あなたのためにどんなよいことをしたか、そのすべてを」

「アーメン」

「アーメン」

100　フランク土牢へと下る

だが〝パパ〟は死んで天にのぼることはなかった――少なくともそのときは。わたしはフランクに、大統領就任を発表するのはいつがいいだろうときいた。彼はなんにも考えておらず、役にたたなかった。すべてわたしまかせなのだった。

「バック・アップしてくれると思っていた」

「技術的な方面に限ってね」その点は、わりきったものだった。技術者としてのフランクの領分をわたしは乱してはならない、領分を越えるような仕事をさせてはならないのだ。

「なるほど」

「あんたが国民をどう扱おうと、それはどうでもいいんだ。あんたの責任なんだから」

フランクの、この人事問題からのとつぜんの権利放棄表明は、わたしを驚かせ、またおこらせた。皮肉のつもりで、わたしはこう言った。「では純粋に技術的な意味だけできくけれど、今日というこの日に何が予定されているか教えていただけませんかね？」

技術的な問題にかぎった返事がかえってきた。「発電所の故障を直して、航空ショーを演出する」

「よし！　では、大統領としてのわたしの最初の業績は、送電を回復することだ」

フランクはこの言葉をまじめに受けとったようだった。彼は敬礼をした。「かしこまりました、閣下。最善を尽します。電気が戻るまでにどれくらいかかるか、今のところ申しあげることはできませんが」

「うん、わたしはここを──デンキいっぱいの国にしたい」

「最善を尽します、閣下」フランクはまた敬礼した。

「それから航空ショーとは？　何だろう、それは？」

また、しゃっちょこばった返事がかえってきた。「今日の午後一時に、サン・ロレンゾ空軍の戦闘機六機が、この宮殿上空を通過し、海上にある標的を攻撃します。〈民主主義に殉じた百人の戦士の日〉を祝う行事の一つです。またアメリカ大使が海に花環を投じることになっております」

そこでわたしはとりあえず、献環式と航空ショーのすぐあと、フランクにわたしの大統領就任を発表してもらうことに決めた。

「どう思う？」わたしはフランクにきいた。

「ボスはあなたです」

「演説の草稿も用意しておいたほうがよさそうだな」と、わたし。「宣誓もなくっちゃあ、威厳と格式をつけるために」

「ボスはあなたです」ひとこと言うたびに、フランクの声は遠のいていくようだった。わたし一人が上に残され、フランクは梯子を伝って深い竪坑をおりていってしまう、そんな気がした。

わたしは苦々しく思いあたった。わたしがボスになることに同意した結果、フランクは義務から解放され、何をおいてもしたいと思っていたこと、父がしたと同じことができるようになったのだ――つまり人間としての責任を逃れながら、一方で栄光と肉体的快楽を享受することである。精神的土牢におりることによって、フランクはそれを成しとげようとしているのだ。

101　前任者にならい、わたしもボコノンを法外追放者とする

そんなわけで、わたしは、塔の根本にある寒々とした丸い部屋で演説を書くことになった。部屋には、テーブルと椅子が一つずつあるだけ。そしてわたしの演説も、部屋と同じように寒々とした、飾り気ないものだった。

それは、希望に満ちた、つつましい演説だった。

また神にすがらなければやっていけないということも、書いているうちに気づいた。

これまで神の加護を必要とせずにやってきたので、そんなものがこの世にあるとは、わたしは思ってもいなかった。

だが今は信じなければならないのだった――そして、わたしは信じた。

さらに必要なのは、人びとの協力だった。式に参列する招待客のリストを見て、ジュリアン・キャッスルとその息子が招待されていないことを知った。ボコノンを除けば、この二人以上に国民のことを知っているものはない。わたしはすぐに使者をつかわせた。

さて、ボコノンだが――

彼に政治に参加してもらい、この国に至福千年みたいなものを到来させる案を検討してみた。また、命令を下して、人びとの歓呼を受けながら、城門の外にあるあのおそろしい鉤をおろすのはどうだろうかと考えてみた。

しかし、そこで気がついたことがある。至福千年は、聖者が権力の座についたぐらいでは到来しないのだ。国民全部に行きわたる上等の食物と、国民全部に行きわたる住み心地よい家と、立派な学校と、健康と、娯楽と、そしてまた国民の満足する仕事がなければならないのだ――いずれも、ボコノンやわたしにはどうにもならないものだった。

というわけで善と悪は、善はジャングルに、悪は宮殿に、旧態のまま離ればなれに置かれることになった。そこから得られる娯楽だけが、人びとに与えられるほぼすべてなのだった。

ドアにノックがあった。召使いがはいってきて、客が到着しはじめたと告げた。

わたしは草稿をポケットに入れ、わたしのものになった塔の螺旋階段をのぼった。そしてわたしの城のいちばん高い胸壁のテラスへ出ると、わたしの招待客と、わたしの召使いと、わたしの断崖と、わたしの生暖かい海を見わたした。

102 自由の敵

テラスにいた人びとのことを思うたびに、わたしはボコノンの「カリプソ第百十九番」を思いだす。彼はわたしたちに、こう歌おうと呼びかけている——

「おれの仲間はどこ行った？」
かわいそうな男がそう言った
おれはこっそり教えてやった
「みんな遠くに行っちゃった」

そこには、ホーリック・ミントン大使と夫人のクレアがいた。自転車工場経営者H・ロウ・クロズビーと夫人のヘイズルがいた。人道主義者であり慈善家であるジュリアン・キャッスルと、その息子で、作家でありホテル経営者であるフィリップがいた。画家のニュートン・ハニカーと、その音楽家の姉ハリスン・C・コナーズ夫人がいた。天使のようなわたしのモナがいた。フランクリン・ハニカー陸軍少将がいた。さらに、各種とりまぜたサン・ロレンゾの官僚や軍人が二十人いた。

みんな死んだ――今では、もうほとんどみんな死んでしまった。

ボコノンは言っている、「さよならを言っておけば、まず間違いはない」

テラスには、テーブルが用意されていた。現地産の珍味を山と盛ったテーブルだった。小鳥の丸焼きは、自分の羽根でできた青と緑のオーバーコートをまとっている。ラベンダー色の陸がには、甲羅をむかれ、切りきざまれ、ココナツ・オイルでフライにされて、甲羅のなかに戻っている。バナナ・ペーストを腹につめたバラクーダの幼魚。また、パンだねや薬味を入れずに焼いたコーン・ミールのウェハースの上には、ひと口用の大きさに角切りにされたあほうどりのゆで肉がのっていた。

そのあほうどりは、テーブルのおいてあるこの張出し小塔の上で撃ち落されたということだった。

飲物が二種出された。ペプシコーラと現地産のラム酒で、どちらも氷ははいっていなかった。ペプシコーラは、プラスチックのピルゼン・グラスにはいっていた。ラム酒は、ココナツの殻にはいっていた。ラム酒からは甘い香りがたちのぼっていたが、それが何なのか、わたしにはわからなかった。けれども、なぜか少年時代を思い出させた。

フランクはその香りを知っていた。「アセトンだ」

「アセトン?」

「模型飛行機の接着剤に使う」

わたしはラムに手をつけないことにした。

ミントン大使は、ココナツを手にいかにも大使然、健啖家然としたお辞儀をくりかえしており、ここにいるものみんなが、そしてまた振舞われる飲みものが、好きでたまらないという顔をしていた。だが、酒を口にしたところはついぞ見なかった。話は別になるが、大使はまた、わたしが今まで見たこともない奇妙なかたちのトランクを持っていた。フレンチ・ホルンのケースのように見えたが、あとになって、海に投げ入れる記念の花環の容器だとわかった。

ラムを飲んでいる唯一の人間は、H・ロウ・クロズビーだった。クロズビーはまったくにおいに鈍感らしい。ココナツに注がれたアセトンを飲み、大砲にまたがり、大きなお尻で点火孔をふさいで、上機嫌だった。彼は日本製の大きな双眼鏡で海を見ていた。

沖にはいくつかの浮き桟橋《フロート》が錨でとめられており、標的がその上にのっている。その標的を見ているのだった。

標的は、人のかたちに切り抜いたボール紙だった。

それらにむかって、サン・ロレンゾ空軍の六機の戦闘機が機銃掃射したり、爆弾を投下したりして軍事力を誇示するのだ。

標的はいずれも実在する、あるいは、した人間の戯画で、表と裏には名前が書かれていた。

誰が描いたのかとたずね、キリスト教の牧師ヴォクス・ヒューマナ博士だと知った。当人は、わたしのすぐとなりにいた。

「あなたにああいった才能があるとは知らなかった」

「ええ。若いころは、どちらにしようかと迷ったものです」

「選択は正しかったと思いますよ」

「天のお導きを祈願しましたから」

「それはよかった」

H・ロウ・クロズビーは夫人に双眼鏡をわたした。「ジョー・スターリンさんがいるよ。いちばん近くだ。すぐとなりで錨につながれてるのが、フィデル・カストロさん」

「あら、ヒトラーさんがいるわ」ヘイズルが嬉しそうに笑った。「あら、ムッソリーニさん、それから何とか言う日本人」

「それからカール・マルクスさんも」

「まあ、カイザー・ビルさん（ドイツ皇帝ヴィルヘルム二世）がいるじゃない、とんがった帽子から、みんな着けて。あの人にまた会うとは思わなかったわ」

「それから、毛《マオ》さんがいるよ。見えるだろう、毛《マオ》さんが？」

「きっと驚くわね、彼氏？　人生最大の驚きよ。いいアイデアだわ、ほんとに」

「自由の敵が一堂に会したわけだな」H・ロウ・クロズビーが大声で言った。

103　作家ストライキの影響に関する医学的見解

客はまだわたしが大統領になることを知らされていない。〝パパ〟がどれほど死に近いところにいるか知らされていない。フランクから公式発表があり、〝パパ〟は気持よく休んでいる、みなさんによろしくとのことである、と伝えられた。

式次第はフランクの発表によると、まず〝百人の戦士〟を記念してミントン大使が花環を海に投げ入れ、つぎに戦闘機が海上の目標を攻撃し、つぎにフランク自身がふた言み言話をするということだった。

彼のスピーチに続いて、わたしのスピーチがあることは言わなかった。

そんなわけで、わたしはひょっこり現われたジャーナリストなみに扱われ、あちこちで無害な〈グランファルーン〉のお祭りに参加する羽目になった。

「こんにちは、ママ」と、わたしはヘイズル・クロズビーに言った。

「まあ、あたしの坊やじゃない！」ヘイズルは香水のにおいをぷんぷんさせてわたしを抱きしめ、誰かれかまわず言ってまわった。「この人、インディアナっ子なんですよ！」

キャッスル父子は、一同から離れて立っていた。〝パパ〟の宮殿へは久しく招かれたことがないので、なぜ招かれたのかいぶかっている。

若いキャッスルはわたしを〝特種屋《スクープ》〟と呼んだ。「おはよう、スクープ。どうだい、ことば遊びの景気は？」

「こちらが逆にききたいね」

「作家がみんなゼネストにはいって、人類の迷いを悟らせるというのを考えてるんだけど、どうだい、支援しないか？」

「作家にストライキ権なんてあるのかね？　警官や消防夫がストライキするみたいなもんじゃないか」

「大学教授とかな」

「そう、大学教授とか」わたしは首をふった。「いや、どうもぼくの良心は、そういうストライキには賛成しそうもないよ。人間たるもの作家を志したら、美と啓蒙と娯楽を最高スピードで製造する神聖な義務を負うものだと思う」

「新しい本や、新しい劇、新しい歴史、新しい詩が急に書かれなくなっちゃったら、世界中にどんな大騒動がもちあがるだろう。そう考えずにはいられない……」

「そして人びとが蝿みたいにころころと死にはじめたら、きみは大得意になるんだろう？」

「気ちがい犬みたい、と言ったほうがいいな――ウーウー唸りながら噛みあい、自分の尻尾を追いかけまわすんだ」

わたしは老キャッスルに向いた。「文学による慰めをうばわれたら、人はどんなふうに死ぬと思いますか？」

「心臓が腐るか、神経系が萎縮するか、そのどちらかだろうね」

「どちらもあまり楽しいとは言えませんね」

「おい」と老キャッスルが言った。「頼むよ、二人とも、書くのをやめないでくれ！」

104

スルファチアゾール

天使みたいなわたしのモナは、わたしに近づこうとしないばかりか、悲しげな眼差しでわたしに救いを求めることもしなかった。彼女はホステス役を買って出て、アンジェラとこびとのニュートをサン・ロレンゾ人たちに紹介していた。

そして今、モナという女の意味を考え――〝パパ〟の衰弱やわたしとの婚約に対して彼女がとった無関心な態度を思いおこすにつけ、わたしの思いは最高と最低の讃辞のあいだを行きつ戻りつする。

モナこそ、女性の気高さの最高のかたちなのだろうか？

それとも、感情の麻痺した、暖かみのない――いわば木石で、美と〈ボコマル〉の儀式とシロホンの中毒者にすぎなかったのだろうか？

真相は永久にわかるまい。

ボコノンはこう教える――

恋するものは嘘つきだ
自分自身に嘘をつく
正直ものには恋はない
その目はまるで牡蠣《かき》のよう！

意味は明らかである、と思う。モナは崇高であったことにする。

〈民主主義に殉じた百人の戦士の日〉であったその日、わたしはフィリップ・キャッスルにきいた。「きみの友人で、きみの崇拝者のH・ロウ・クロズビーとは、きょう話したかい？」

「上衣を着て、靴をはいて、ネクタイをしていたら、あいつは誰だかわからないんだ」と若いキャッスルは答えた。「けっこう楽しく自転車の話をしたよ。そのうち、またするだろう」

そのときわたしは、サン・ロレンゾで自転車を作りたいというクロズビーの話が愉快でもなんでもなくなっていることに気づいた。島の最高管理者として、自転車工場をぜひとも誘致したいと考えているのだった。とつぜんわたしの心に、H・ロウ・クロズビーとその事業に対する尊敬の念がわいた。

「サン・ロレンゾの人びとは、国の産業化をどう考えているんでしょうね？」わたしはキャッスル父子にきいた。

「サン・ロレンゾ人が興味を持っているものは三つしかないよ」と父親が答えた。「漁業と姦通とボコノン教だ」

「進歩には興味なさそうだと言うんですか？」

「連中にだって目はある。彼らが喜ぶ進歩が一つあるよ」

「何ですか？」

「エレキ・ギターさ」

わたしはそこを失礼して、クロズビー夫妻のところへまた出かけた。

フランク・ハニカーがいっしょにいて、ボコノンとはどんな人間で、何に反抗しているかを説明していた。「彼は科学に反抗してるんですな」

「科学に反抗するとは、正しい心の人間がすることかねえ」とクロズビーが問いかけた。

「ペニシリンがなかったら、あたしは今ごろ死んでいたわ」とヘイズル。「あたしの母も」

「母上はおいくつなんですか？」と、わたしはきいた。

「百六歳よ。すてきでしょう？」

「そうですね」

「それから、やもめにもなっていたところだわ。主人の病気にあの薬がなかったら」ヘイズルは薬の名前を夫にきかなければならなかった。「ねえ、なんて言ったかしら、あのとき、あなたの生命を助けた薬？」

「スルファチアゾールだよ」

おかげでうっかり、あほうどりのカナッペを通りすぎるトレイからつまんでしまった。

105 鎮痛剤

たまたま——〝定められていたとおり〟とボコノンなら言うだろう——あほうどりの肉がわたしの体質にまったく合っていなかったため、ひときれ呑みこんだとたん胸がむかついてきた。わたしはバスルームを求めて、石の螺旋階段を駆けおりなければならなかった。〝パパ〟の部屋のとなりにめざすものが見つかった。

いくらか気分が治って足を引きずりながら出たところ、ドクター・シュリヒター・フォン・ケーニヒスワルトとばったり出会った。彼は〝パパ〟の寝室からとびだしてきたところだった。その目には狂気の色があり、わたしの腕をつかむなり叫んだ。「あれは何だ？　彼が首からぶらさげていたものは何だ？」

「どういうことですか、いったい？」

「そいつをのんだんだ！　筒のなかにはいっていたものをな。〝パパ〟は口に入れた——

—そうしたら死んでしまった」

〝パパ〟が首からぶらさげていた筒のことを思いだし、わたしはありきたりの推測をした。「シアン化物では？」

「シアン化物？　シアン化物が人間をまたたくまにコンクリートみたいにしてしまうかね？」

「コンクリート？」

「じゃ、大理石だ！　鉄だ！　あんなガチガチの死体は今まで見たこともない。どこを叩いてもマリンバみたいな音が出る！　見せよう！」フォン・ケーニヒスワルトは〝パパ〟の部屋へとわたしをせきたてた。

ベッドには、黄金の小舟には、身の毛もよだつ物体が横たわっていた。〝パパ〟は死んでいたが、その死体は「永遠の眠りについた」と人が言うようなものではなかった。

〝パパ〟の頭は、筋肉の許すかぎりうしろにのけぞっていた。体重は頭のてっぺんと足の裏にかかり、あいだの部分はアーチとなって天井につき出ていた。暖炉の薪のせ台を思わせる。

首にぶらさげていた筒の中身を呑んで死んだことは明らかだった。片手が筒を持っていて、筒の蓋ははずれている。もう一方の手の親指と人さし指は、持っていたかけらを口に投げいれたばかりのように、歯のあいだでとまっていた。

ドクター・フォン・ケーニヒスワルトは、金ピカ小舟の櫂受けから櫂受け軸を抜いた。そして鉄の軸で〝パパ〟の腹を叩いた。たしかに〝パパ〟はマリンバみたいな音がした。

〝パパ〟の唇や鼻孔や眼球には、青白色の霜がおりていた。

このような症状は、今では珍しくはない。だが、そのときには、まったく目新しかった。〝パパ〟モンザーノこそ、人類史上最初にアイス・ナインで死んだ人間なのだから。

どれだけ役立つかわからないが、とにかく、わたしはその事実を記しておくことにする。「みんな書いておけ」そうボコノンは言う。もちろん、じっさいには、歴史を書いたり読んだりしても何の役にも立たないと言っているわけである。「過去の正確な記録がなかったら、人間はどうやって将来起こすかもしれない重大な過失を避けるというのか？」彼は皮肉にそう問いかける。

だからくりかえす。「〝パパ〟モンザーノこそ、人類史上最初にアイス・ナインで死んだ人間なのである」

106 ボコノン教徒は自殺するとき何と言うか

ドクター・フォン・ケーニヒスワルト、温情の計算書のなかにアウシュヴィッツの厖大な赤字を背負ったこの人道主義者が、アイス・ナインの第二の犠牲者となった。

彼は、わたしが口にした話題、死後硬直のことを話していた。

「死後硬直は、何秒という時間に起こるものじゃない。〝パパ〟からすこし目をはなしたんだ。〝パパ〟はわめいていた……」

「何のことを？」

「痛み、氷《アイス》、モナ……ありとあらゆることだ。と、〝パパ〟がこう言った、〝よし、世界を滅ぼしてやる〟」

「どういう意味ですか、それは？」

「自殺しようとするとき、ボコノン教徒は必ずそう言うんだよ」フォン・ケーニヒスワルトは、手を洗おうと洗面器のところへ行った。「わたしがふりかえると」言いながら、彼は水の上で手をとめた。「死んでたんだ――今きみが見てるみたいなコチコチの彫像になって。口のところをさわってみたが、おかしなものだ」

水のなかに手を入れた。「どんな化学物質が……」問いはそこでとぎれた。

フォン・ケーニヒスワルトは両手をあげた。洗面器のなかにあった水が、いっしょにあがってきた。それはもはや水ではなかった。アイス・ナインの半球だった。

フォン・ケーニヒスワルトは、その青白色の神秘に舌の先をつけた。霜の花が唇に咲いた。彼はかたく凍り、倒れ、ガシッと音をたてた。

青白色の半球はこなごなに砕けた。破片が床にとびちった。

わたしはドアに行き、助けを呼んだ。

兵士と召使いが走ってきた。

わたしは、フランクとニュートとアンジェラを〝パパ〟の部屋に連れてくるように命じた。

とうとうアイス・ナインを見たのである！

107 せいぜい見て楽しみたまえ！

わたしは、フィーリクス・ハニカー博士の三人の遺児を〝パパ〟モンザーノの寝室に入れた。そしてドアをとじ、背中でドアをおさえた。悲しいと同時に、壮快だった。わたしはアイス・ナインを知っているのだ。何回となく夢にまで見たほどである。

フランクが〝パパ〟にアイス・ナインをわたした張本人であることは疑いない。フランクがアイス・ナインを人に分けているのなら、アンジェラやこびとのニュートが分けていることも当然ありそうな気がした。

わたしは三人をどなりつけ、途方もない罪業を白状するように命じた。勝負はついたのだ、おまえたちのこともアイス・ナインのことも知っているのだ、と脅した。アイス・ナインが地上の生命を滅ぼす手段となりうることを思い知らせたかったのだ。わたしがあまりにも高飛車に出たため、三人は、なぜわたしがアイス・ナインのことを知っているのかきく余裕さえなかった。

「せいぜい見て楽しみたまえ！」と、わたしは言った。

そういえば、ボコノンはこう教えている。「神は優れた劇を書いたためしがない」

〝パパ〟の部屋の情景にしても、はなばなしい問題や小道具には欠けていなかったし、わたしのオープニング・スピーチも当を得たものだった。

だが、一人のハニカーの最初の返事が、荘厳な雰囲気をぶちこわしてしまった。

ニュートがゲロを吐いたのである。

108　何をなすべきかフランクが教える

つぎの瞬間には、わたしたち全員が吐き気をもよおしていた。

ニュートは、してしかるべき返事をしたわけである。

「まったく賛成だ」と、わたしはニュートに言い、つぎにアンジェラとフランクにどなった。

「さて、ニュートの意見は聞いたから、今度はそちらのお二人の言い分を聞きたいものだ」

体をちぢこめ、舌をつきだし、アンジェラが「アック」と言った。顔色はパテのようだった。

「きみもおんなじ気持か?」わたしはフランクにきいた。「〝アック〟か? 将軍、きみもそう言うか?」

フランクは歯をむきだし、その歯をくいしばっていた。ひゅうひゅうと浅い息をしている。

「あの犬みたいだ」ニュートがフォン・ケーニヒスワルトを見おろして、つぶやいた。

「どこの犬?」

ニュートが答えをささやいた。ささやき声からは、吐く息の音も聞えない。だが、それほど石壁の部屋の音響効果はすばらしかった。ささやき声が水晶の鐘の音のようにはっきりと耳に聞えるのである。

「クリスマス・イヴだったな、お父さんが死んだ」

ニュートのそれは独り言だった。父親が死んだ夜、その犬がどうしたのかきくと、ニュートはまるで、わたしが夢のなかに割りこんできたとでも言わんばかりに、わたしを見あげた。わたしは余計者なのだった。

兄と姉のほうは、しかし、その夢のなかにいた。その悪夢の世界で、ニュートは兄フランクに話しかけた。「あいつにやったんだね。だから、こんな夢みたいな仕事にありついたんだ。そうだね？」ニュートは、得心のいかない顔でフランクにきいた。「何と言ったんだい――水爆よりもっとすごいものを持ってる、か？」

フランクはその問いを聞き流した。一心不乱に見まわしながら、部屋にあるものをすべて頭に刻みこもうとしている。くいしばった歯をほどくと、その歯をがちがちとせせこましく鳴らし、そのがちがちに合わせて、目をしばたたいた。顔に血の色が戻った。これが、彼の口から出た言葉である。

「みんな、このごたくたをきれいにかたづけるんだ」

109 フランク自己弁護をする

「将軍」と、わたしはフランクに言った。「なるほど、一陸軍少将としては、いまのは今年度のもっとも適切な表現の一つだろうね。わたしの技術顧問としてきくが、きみが見事にいいきった〝このごたくたをかたづける〟というのを、どんな方法でやろうというんだ?」

フランクはずばりと答えた。彼は指をはじいた。ごたくたの原因から自分を切り離し、いや増す誇りと精力をもって、世界の救済者、浄化者に同一化しはじめている様子がうかがわれた。

「ほうき、塵とり、ブロー・トーチ、コンロ、バケツ」命令しながら、指をパチッ、パチッ、パチッとはじく。

「死体にブロー・トーチをあてるというのか?」と、わたし。

技術的思考に心を奪われているフランクは、指の音楽にあわせてタップ・ダンスをしているも同然だった。「床の上の大きなかけらを掃きとって、バケツに入れてコンロでとかす。それからブロー・トーチをくまなく部屋にあてる。顕微鏡的な結晶もあってはこまるからな。死体の始末と――それからベッドは……」そこでまた考えこんだ。「火葬だ！」叫ぶフランクは、ひとりご満悦だった。「鉤のとなりに、ばかでかい火葬の薪の山をつくる。死体とベッドをかつぎだして、その上に投げるんだ」

フランクは、薪の山を作らせ、部屋の掃除に必要なものを運びこませるため、部屋から出ようとした。

アンジェラがとめた。「どうしてまた？」彼女はつめよった。

フランクはうわの空の笑みをうかべた。「何もかもうまくいくさ」

「〝パパ〟モンザーノみたいなやつに、どうしてやったのかときいているのよ」

「まず、このごたくたをかたづけよう。話はそのあとだ」

アンジェラは彼の腕をつかんだまま離そうとしない。「人でなし！」彼をゆさぶった。

フランクは姉の手から腕をもぎはなした。うわの空の微笑が消え、その顔につかのまあざけりと憎しみがこもった――その一瞬、彼は侮蔑の限りをつくしてアンジェラに言っていた。「姉さんがカッコいい亭主を買ったみたいに、ニュートがケープ・コッドでロシア人のこびと女を一週間買ったみたいに、おれも仕事を買ったのさ！」

うわの空の微笑が戻った。
彼は立ち去り、叩きつけるようにドアをしめた。

110 『第十四の書』

ボコノンは言う。「ときには〈プールパー〉は、人に論評の余地を与えないほど強烈になることがある」『ボコノンの書』をみると、〈プールパー〉はあるところでは「びちびちうんこ」と訳され、別のところでは「神の怒り」と訳されている。

ドアがすさまじい音をたててしまる前、フランクの口から出た言葉から、わたしはアイス・ナインを所有しているのが、サン・ロレンゾ共和国とハニカー三姉弟だけではないことに気づいた。どうやら、アメリカ合衆国も、ソヴィエト社会主義共和国連邦も、アイス・ナインを所有しているらしいのだ。合衆国は、アンジェラの夫から手に入れた。インディアナポリスの彼の工場が、電流の通じた塀と凶暴なドイツ・シェパードどもにとりかこまれているわけである。ソヴィエト・ロシアは、ウクライナ・バレー団の魅力的なこびとの踊り子、ニュートの恋人ズィンカから、手に入れたのだ。

わたしは言葉を失っていた。

わたしは頭をたれ、目を閉じた。そしてフランクが、世界中でたった一つしかない寝室、アイス・ナインにおかされた寝室を掃除するつつましい道具を持ってもどるのを待った。

その菫色の、ビロードのような忘我の境のどこかで、アンジェラがわたしに話しかけるのが聞えた。それは自分の弁護ではなかった。末っ子ニュートの弁護だった。「ニュートはあの女にわたしたんじゃないのよ。あの女が盗んだのよ」

わたしには興味のないことだった。

「人類には、将来の希望などあるのだろうか？」と、わたしは思った。「フィーリクス・ハニカーみたいな男がいて、アイス・ナインみたいなおもちゃを、こんな近視の子供たちに──といっても人間はほとんどみんな変りないが──手わたすようなことが起こったというのに」

わたしは、前夜読みおえた『ボコノンの第十四の書』を思いだした。『第十四の書』には、こんな題がついていた、「思慮ぶかい人間が、過去百万年の経験をつんだ、地球上の人類に希望できることは何か？」

『第十四の書』を読むには、大して時間はかからなかった。それは、単語一つから成っていた。

これが、それである――

「ゼロ」

111 休憩

フランクが戻った。ほうきと塵とり、ブロー・トーチ、石油コンロ、変りばえしない古バケツ、それにゴム手袋を何組か持っていた。

アイス・ナインに手を汚染されないように、わたしたちは手袋をはめた。フランクは、モナのシロホンの上にコンロをのせ、その上に古バケツをおいた。

わたしたちは、アイス・ナインの大きなかけらを床から拾い、みすぼらしいバケツの中におとした。かけらは融けだした。かけらは、なつかしい、恋しい、正真正銘の、何の変哲もない水になった。

アンジェラとわたしが床をはいた。ニュートは、家具の下にある見おとしたアイス・ナインの小片を捜した。そしてフランクがほうきのあとについて、トーチの炎で床を清めた。

深夜はたらく雑役婦や守衛の、あの無思考な落ちつきが、わたしたちをとらえた。ごたくたした世界で、少なくともこの小さな一隅だけはきれいにしつつあるわけである。

気がつくと、わたしは気軽な口調でニュートとフランクとアンジェラに、三人の父親が死んだクリスマス・イヴのことを、犬のことを、たずねていた。

すると、掃除も始めたし、これで何もかもかたづくと無邪気に信じこんだのだろう、ハニカー三姉弟は話しはじめた。

話は、こんなふうだった——

あの運命のクリスマス前夜、アンジェラはクリスマス・ツリーの電球を買いに村に出かけ、ニュートとフランクは、人気のない冬の浜辺に散歩に出て、黒いラブラドール犬に出会った。ラブラドール犬はみんなそうだが、この犬も人なつっこくて、フランクと末っ子ニュートが帰途につくと、あとについてきた。

フィーリクス・ハニカーは、子供たちの留守に死んだ——海を見わたす白い籐椅子にかけたまま。その日一日、父親はアイス・ナインのことをちょろちょろとほのめかしては、小さな壜を見せて、子供たちをいたぶっていた。壜のラベルには、博士自身の手になるどくろと交叉した二本の骨の絵があり、またこれも彼自身の手で「危険！　アイス

・ナイン！　湿気厳禁！」と注意書きがあった。
博士はひねもす愉快そうに、こんなふうな言葉で子供たちをからかっていたのである。「さあ、ちょっと心をひろげるんだ。融ける温度は摂氏四五・八度だと教えた。成分は、水素と酸素だけだと教えた。すると、いったい何だろう？　ちょっと考えるんだ！　脳みそを引きのばしすぎるなんて心配しなくていい。こわれやしないから」

「いつも脳みそをひろげろって言ってたな」フランクが昔を思いだして言った。

「脳みそをひろげようとするのなんか、遠い昔にやめちゃったわ」ほうきにもたれながらアンジェラは打ちあけた。「おとうさまが科学のことを話しても、耳にはいりもしなかったわ。ただうなずいて、脳みそをひろげようとしているふりだけしているの。科学のこととなると、このかわいそうな脳みそは、古いガーターほどにも伸びやしない」

籐椅子にすわって死ぬ前、父親はキッチンで水遊びをしていたらしい――水とポットと鍋とアイス・ナインを使って。キッチンの調理台に、家中のポットや鍋が置いてあったところを見ると、水をアイス・ナインに変えたり、また水に戻したりしていたようだ。焼き肉用の温度計も出ていたところでは、温度も計っていたのだろう。

キッチンがちらかりっぱなしだったことからすると、博士はほんのすこし椅子で休むつもりだったにちがいない。その混乱の一部をなしているのが、コチンコチンのアイス

・ナインがつまったシチュー鍋だった。もちろん、それを融かし、大量の青白色の物質を、また壜のなかのかけら一つにするつもりだったのだろう――短い休憩のあとで。だが、ボコノンによれば、「人はだれでも休憩がとれる。だが、それがどれくらい長くなるかは、だれにもわからない」

112 ニュートの母の手さげ袋

「はいったときに、死んでいることに気づいてよかったのよ」ふたたびほうきによりかかって、アンジェラが言った。「だって籐椅子が何の音もたてていないんだもの。おとうさまがすわってるときは、いつもキーキーいっていたわ――眠っているときもよ」ところがアンジェラは父親が眠っているものと思いこみ、クリスマス・ツリーの飾りつけにまたとりかかった。

ニュートとフランクがラブラドール犬を連れてはいってきた。犬に何か食べものをやろうと、二人はキッチンに行った。そこには父親の遺したごたごたがあった。

床に水がこぼれていたので、ニュートが雑巾をとって拭いた。彼はずぶ濡れの雑巾を調理台に投げた。

たまたま、その雑巾がアイス・ナインのはいっている鍋に落ちた。

フランクは鍋のなかにケーキのころもか何かがあるのだろうと思い、ニュートのそそっかしさをせめるため、鍋をニュートの前につきだした。

ニュートは雑巾を取ろうとし、その雑巾が、金属のような蛇の皮のような奇妙な手ざわりに変っていることを知った。まるで上等の金糸の網目織りを思わせた。

「なぜ〝金糸の網目織り〟なんて言ったかと言うとね」と〝パパ〟の寝室で、ニュートは言った。「そのとき、最初に連想したのが、おかあさんの網袋だったからなんだ。網袋の手ざわりそっくりなんだ」

子供のころニュートが母親の金糸の網袋を宝物のように大事にしていたことを、アンジェラはセンチメンタルに説明した。おそらく、パーティ用の小物入れだろう。

「おかしな手ざわりなんだ。ほかにあんな感じのものないみたいだ」ニュートは、網袋へのかつての愛着を思いかえしている。「どうなったんだろう、あれ？」

「どうなったんだろうと思うものはたくさんあるわ」とアンジェラ。その言葉は悲しげに時のかなたにこだまして行き、消えた。

それはともかく、網袋みたいな手ざわりの雑巾だが、ニュートが雑巾を犬の前につきだすと、犬はそれをなめた。すると犬はコチンコチンに凍ってしまった。

コチンコチンの犬のことを父親に話しに行ったニュートは、その父親もまた冷たく、かたくなっていることを知ったのだった。

113 歴史

〝パパ〟の寝室での作業はとうとう終った。

だが死体は、まだこれから火葬用の薪のところまで運ばなければならない。これは〈民主主義に殉じた百人の戦士〉を記念する式が終ってから、にぎにぎしく行なうことに決めた。

最後にしたのは、フォン・ケーニヒスワルトを立たせ、彼が寝ていた場所を浄化することだった。わたしたちは彼を、直立姿勢のまま〝パパ〟の衣装ダンスに隠した。

なぜ隠すようなことをしたのか自分にもわからない。情景を単純化させるためだったのだろう。

さて、そのクリスマス・イヴにアイス・ナインをどう分けたかという、ニュートとアンジェラとフランクの話だが――犯罪の細部に問題が移ると、話はひとりでに一本にまとまってきた。アイス・ナインを個人の財産にしていいものかどうか、そんな話をした覚えがあるものは一人もいなかった。三人は父親の頭脳拡張理論を思いだしてアイス・ナインがどんなものかは話したが、モラルの話はついに出なかった。

「誰が分けたんだ?」と、わたしはきいた。

三人はその出来事をすっかり忘れており、肝心なところさえなかなか話すことができなかった。

「ニュートじゃないわ」とうとうアンジェラが言った。「それは確か」

「ぼくか姉さんだ」考えに没頭しながらフランクがつぶやいた。

「キッチンの棚から、あなた、メースン壜を三つ持ってきたのよね」とアンジェラ。

「魔法びんを三つ揃えたのは、つぎの日だったもの」

「そうだ」フランクがうなずいた。「そうしたら姉さんがアイス・ピックをとって、シチュー鍋のアイス・ナインをかきとったんだ」

「そうだわ」とアンジェラ。「それは、あたし。するとだれかが浴室からピンセットを持ってきたのよ」

ニュートが小さな手をあげた。「ぼくだよ」

アンジェラとフランクは、子供のころのニュートの頭のよさに今さらながら驚いて目を見張った。

「かけらを拾ってメースン壜に入れたのは、ぼくなんだ」話すニュートは、得意げな様子を隠そうとしなかった。

「犬は？」と、わたしは力なくきいた。

「オーヴンに入れた」とフランクが答えた。「それしか方法はなかったんだ」

「歴史だ！」とボコノンは書いている。「読んで、泣け！」

114 心臓に弾丸がくいこむのを感じたとき

こうしてわたしはふたたび、わたしの塔の螺旋階段をのぼり、ふたたび、わたしの城のいちばん高い胸壁のテラスに出た。そして、あらためてわたしの客と、わたしの召使いと、わたしの断崖と、わたしの生暖かい海を望んだ。

ハニカー姉弟もいっしょだった。〝パパ〟の部屋のドアには錠をおろした。衛兵や召使いたちには、〝パパ〟は前よりずっと気分がよくなったという噂を流しておいた。

兵士たちは火葬用の薪を鉤のわきに積みあげている。何のためかは知らせていない。その日は、たくさんの秘密につつまれた日となった。

目がまわる、目がまわる、目がまわる。

式がそろそろはじまってよいころなので、わたしはフランクにむかって、ホーリック・ミントン大使にスピーチをお願いするようにと命じた。

ミントン大使は、ケースに記念の花環をおさめたまま、海に面した胸壁に行った。そして〈民主主義に殉じた百人の戦士〉を讃える驚くべきスピーチをした。大使は〈民主主義に殉じた百人の戦士〉を島の訛りで発音し、死者たちと、その母国と、もはや彼らにはない生命に威厳を与えた。大使の口から流れでる訛りは、優雅で、自然だった。

スピーチのそのほかの部分は、アメリカ英語で行なわれた。彼の手には、スピーチの原稿があった——たぶん、意味のない仰々しいものだろう。だが、聴衆がごく少数で、その大多数が同胞のアメリカ人だとわかると、大使は形式的なスピーチをとりやめた。

こころよい海風が、薄くなりかけた髪をそよがせていた。「わたしはこれから、大使の名にそぐわないことをするつもりです」と大使は言った。「わたしの本当の気持をうちあけたいと思うのです」

アセトンを多量に吸いすぎたためかもしれない。もしかしたら、このあとわたしを除いた全員に起こる出来事をうすうす感じていたのかもしれない。とにかく彼の口から出たのは、まれにみるボコノン教的なスピーチだった。

「みなさん、わたしたちは今ここに、ロー・フーンイェラ・モラトゥールズ・トゥット・ザムークラツヤ、死んで行った子供たち、戦争の犠牲となった子供たちを讃えるために集まっております。このような日には、亡くなった子供たちを〝男たち〟と呼ぶのが通例でありましょう。わたしには、そう呼べない一つの理由があります。それは、ロー・フーンイェラ・モラトゥールズ・トゥット・ザムークラツヤが死んだ同じ戦争によって、わたしの息子も死んでいるからです。

わたしの心は、一人の男の死ではなく、一人の子供の死を悲しもうとするのです。戦場の子供たちが、死に際して男らしく死んでいかなかったと言うのではありません。永遠に記念さるべき彼らの栄誉にかけても、永遠に記憶さるべきわたしたちの不面目にかけても、彼らは男らしく死んで行きました。だからこそ、数々の愛国的祝日を男らしく祝うことができるようになったのです。

しかし彼らが、戦争で殺された子供たちであることに変りはありません。

だから、今この世にないサン・ロレンゾの百人の子供たちに心からの敬意を払うのだったら、彼らを殺したものを軽蔑しながらその日をおくるのが本当だと思うのです。彼らを殺したもの、つまり、全人類の愚かしさと邪悪さです。

戦争を思いおこすのだったら、わたしたちは服を脱ぎすて、身体中に青いペンキを塗って、四つんばいになり、一日中、豚みたいに唸るべきでしょう。そのほうが、堂々とした演説と、国旗掲揚と、たっぷり油をさした銃砲による見世物よりずっとふさわしいはずです。

これから行なわれる立派な軍事ショーを不愉快に思っているわけではありません――それは、さぞかし胸のすくショーになるでしょう……」

大使はわたしたちの目をつぎつぎと見ると、低くさらりと言い流した。「わたしだって万歳を叫びます、胸のすくショーを見れば」

わたしたちは緊張して、ミントンのつぎの言葉を待った。

「しかし、今日が戦争で殺された百人の子供たちを記念する日であるなら、胸のすくショーはそれにふさわしいでしょうか？

ある場合には、答えはイエスです。式を行なうわたしたちが、わたしたちの、そして全人類の愚かしさと邪悪さを身にしみて感じながら、それを取り除こうと日夜努めている意味において」

彼は花環のケースの留め金をはずした。

「何を持ってきたかわかりますか？」と、わたしたちにきいた。

彼はケースをあけると、緋色のケースの裏地と金色の花環を見せた。花環は針金と模造の月桂樹の葉で作られており、全面に発光ペンキが噴霧されていた。

クリーム色の絹のリボンがはりわたしてあり、「PRO PATRIA」の文字がある。

ミントンは、エドガー・リー・マスターズの『スプーン・リヴァー・アンソロジー』から詩の一つを朗読した。聴衆のなかのサン・ロレンゾ人には、その詩はちんぷんかんぷんだったにちがいない――いや、その意味では、H・ロウ・クロズビーと夫人のヘイズルも、そしてアンジェラとフランクも同じことだったろう。

おれはミショナリー・リッジのたたかいの最初の産物だった
心臓に弾丸がくいこむのを感じたとき
おれは故郷にとどまって牢屋にはいっていればよかったと思った
カール・トリナリーの豚を盗んだ罪で
それがいやさに、おれは逃げだして軍隊にはいったのだ
郡刑務所に一千回ぶちこまれるほうが
この羽根を生やした大理石の像と

この御影《みかげ》石の台の下に寝るよりどれだけマシだろう
台にはこんな文字がある、「PRO PATRIA」
いったい、なんという意味なんだ

「いったい、なんという意味なんだ?」ホーリック・ミントン大使はくりかえした。

「その意味は、〝国のために〟」そして、つぶやくようにまた一言つけ加えた。「どの国をとわず」と。

「わたしが持ってきたこの花環は、一つの国の人びとからもう一つの国の人びとへの贈り物です。どの国とはいいますまい。考えなければならないのは人びとのことです……そして、戦争で殺された子供たちのことです……

どの国をとわず。

考えなければならないのは、平和のことです。

友愛のことです。

豊かさのことです。

人間が心やさしく、賢明であったら、この世界はどんな楽園になるだろうと考えるのです。

人間がこのように愚かで邪悪であるにしても、今日はすばらしい日です」とホーリック・ミントン大使は言った。「わたしは、平和を愛するアメリカ合衆国の人びとの代表として、またわたしのいつわりない気持として、今日の良き日、ロー・フーンイェラ・モラトゥールズ・トゥット・ザムークラツヤがこの世にいないことを悲しく思います」

そして彼は、胸壁から花環を空にとばした。

あたりに爆音がひびいた。サン・ロレンゾ空軍の六機の戦闘機が、わたしの生暖かい海をかすめるように飛んでくる。「自由の敵が一堂に会した」とH・ロウ・クロズビーのいう例の人形《ひとがた》を、撃ちに来たのだった。

115 たまたま

わたしたちはショーを見物するために、海に面した胸壁に集まった。編隊は黒胡椒の粒ほどの大きさもなかった。編隊を見つけられたのは、たまたまその一機が煙の尾をひいていたからだった。

その煙もショーの一部なのだろうと、わたしたちは思った。

わたしはH・ロウ・クロズビーのとなりにいた。クロズビーは、あほうどりと現地のラムをかわるがわる口にいれている。あほうどりの油で光る口から、模型飛行機の接着剤のにおいがぷんぷんしていた。さっきのむかつきが、また戻ってきた。

わたしは陸地のほうの胸壁にひとり引きさがり、新鮮な空気を吸いこんだ。わたしとほかの人びとのあいだには、幅六十フィートの古びた敷石の広場があった。

編隊が低空飛行をし、城の足場より下におりるようすなので、ショーはここからでは見られそうもなかった。だが吐き気のため興味を失っていた。わたしは、機が轟音をあげて接近してくる方向に顔を向けた。射撃がはじまった直後、一機、さっきの煙の尾をひいていた機が、とつぜん現われた。腹を上に向け、炎につつまれている。

機はわたしの視界から隠れ、その直後、城の足もとの断崖に激突した。爆弾と燃料が爆発した。

残った機はブンブン飛びつづけ、やがて爆音は蚊の羽音ほどにしか聞えなくなった。

そのとき岩の裂ける音——そして〝パパ〟の城の巨大な塔の一つが、土台をえぐられたのだろう、海にむかって倒壊した。

海側の胸壁にいた人びとは呆然と、塔のあったところにできた空洞を見つめた。ついで、岩の裂ける音が大小さまざま、オーケストラの器楽の合奏みたいに聞えてきた。

合奏はしだいに速くなり、新しい音が加わった。城の支柱が、大きくなる荷重に耐えかねて泣く音だった。

つぎの瞬間、稲妻のように足もとの床に亀裂が走った。ちぢこまったわたしの足の爪先から、十フィートのところ。

亀裂は、わたしを友人たちから引き離した。

城全体が轟音をあげてうめき、泣いた。

人びとは危険を察知した。何千トンとも知れぬ石造建築といっしょに墜落する寸前なのだ。たかだか一フィートほどの亀裂なのに、人びとは果敢な跳躍をして裂け目をわたりはじめた。

ひとり安心の境地にいるわたしのモナだけが、小股に裂け目をわたった。

裂け目がぎりぎりと音をたてて閉じ、ふたたびいっそう大きく、差し招くように開いた。かしいだ危険な部分にとらえられているのは、今ではH・ロウ・クロズビーとヘイズル、それにホーリック・ミントン大使とクレアだけだった。

フィリップ・キャッスルとフランクとわたしは裂け目のふちから手をのぼし、クロズビー夫妻を安全地帯まで跳びうつらせた。手はつぎにミントン夫妻に、懇願するようにさしのべられた。

夫妻の表情はおだやかだった。二人の心を行きかっていた思考は、想像するしかない。二人は、威厳、感情の平衡を何よりも考えていたのだと思う。パニックは夫妻の柄には合わない。自殺もまた柄に合わないような気がする。だが、たしなみよい物腰が、二人を殺すことになった。なぜなら、倒壊を運命づけられた城の半分が、埠頭を離れる大型旅客船のようにしだいに動きだしていたからである。大洋への船出のイメージが、動きだすミントン夫妻の頭にも浮かんだらしい。二人は気弱そうに人なつっこく手をふった。

二人は手をとりあった。

二人は海のほうを向いた。

二人はしばらく進み、そしてみるみる下降すると、見えなくなった！

116　壮大なズシーン

虚無へのでこぼこの縁は、わたしのちぢこまった足の爪先からわずか数インチに迫っていた。わたしは見おろした。わたしの生暖かい海が、すべてを呑みこんでいた。ほこりのカーテンがゆったりと海にむかって漂ってゆく。それが墜落したものの唯一の名残りだった。

宮殿は、海に面した巨大な仮面を失い、いま剛毛を生やし、らんぐい歯をむきだした怪物めいた微笑をうかべて北を見わたしていた。剛毛とは、裂き折られた木材の残りである。わたしのすぐ下には、大きな部屋がぽっかりとあいていた。その部屋の床が、支え一つなく、跳びこみ台のように宙につきでている。

つかのま、わたしは夢を見た。その台にとびおり、はずみをつけて両手をそろえ、息づまるようなツバメ式飛び込みの末、水しぶきもあげず、血のように暖かい永劫のなかにまっ逆さまに沈んでしまいたい。

空を飛びすぎてゆく鳥の鳴き声が、わたしを夢から引きもどした。鳥は、何が起こったのかと、わたしにたずねているようだった。「プーティーウィッ？」と鳥は鳴いた。

わたしたちはいっせいに鳥を見あげ、ついでたがいに顔を見あわせた。

全員が恐怖におののきながら、深淵のふちからあとじさった。立っていた敷石からわたしが足をのけたとたん、石がぐらぐらと揺れはじめた。その石には、シーソーほどの安定性もなかったのだ。石はとびこみ台の上へかしいでゆく。

とうとう台の上に落下し、台をすべり台にかえた。下の部屋にまだ残っていた家具がすべりだした。

シロホンが先頭をきり、その小さな車輪であたふたととびだした。ベッドサイド・テーブルは、はねまわるブロー・トーチと気ちがいじみた競走をしながら現われた。椅子がいくつか、そのうしろから急追している。

そして、下の部屋のどこか見えないところでは、とほうもなく動きにくい何かが動きだしていた。

それは、台の上をじりじりと進んだ。とうとう金色の艘先が現われた。〝パパ〟の死体が横たわるボートだった。

ボートは、すべり台のふちに達した。艘先がうなだれた。全体が大きくかしいだ。そして、まっさかさまに墜落していった。

〝パパ〟は放りだされ、別々に落下した。

わたしは目をとじた。

空ほどもある巨大な門がそっととしまるような、天国の大扉がひっそりとしまるような、そんな音がした。壮大な**ズシーン**だった。

目をあけた——すると、海全体がアイス・ナインだった。

湿った緑の土地は、青白色の真珠だった。

空が暗くなった。〈ボラシシ〉、太陽は、不健康な黄色に変り、みすぼらしい小さな球にちぢまった。

空では、何びきもの虫がのたうっていた。虫は竜巻だった。

117 安らぎの場

わたしはさっきまで鳥がいた空を見上げた。真上には、紫の口をした巨大な虫がいた。ブンブンと蜂みたいな唸りをあげ、ゆれ動いている。みだらな蠕動を続けながら、それは空気をむさぼっていた。

わたしたちはちりぢりになり、こわれた胸壁を逃げまどい、陸側の階段をころがるように下った。

H・ロウ・クロズビーとヘイズルだけが叫んでいた。「アメリカ人だ！　アメリカ人だ！」と、まるで竜巻が人間の〈グランファルーン〉に興味があるとでも思っているように。

クロズビー夫妻は、わたしからは見えなかった。二人は別の階段を下っていったのだ。

二人の叫び声、ほかの人びとのたてる足音やあえぎは、城の通路を伝って騒々しく聞えていた。わたしの唯一の連れは、天使のようなモナ。彼女はしとやかにうしろに従っていた。

わたしがためらうと、彼女はわきをすりぬけて、〝パパ〟の部屋に通じる控え室のドアをあけた。控え室の壁と天井はなくなっていた。だが石の床は完全なままだった。中央に、地下牢へ通じるマンホールの蓋がある。虫だらけの空の下、わたしたちを食おうと竜巻がのしかかり、その口から紫の光がひらめくなかで、わたしは蓋をあけた。

地下へ下る穴には、鉄の梯子がかけてあった。わたしは穴のなかで蓋を元に戻した。そしてモナとわたしは、鉄の梯子を下った。

梯子をおりたところで、わたしたちは国家機密を発見した。〝パパ〟モンザーノは、そこに居心地よい防空壕をこしらえていたのである。換気シャフトがあり、換気扇は据えつけの自転車で動かす仕組になっていた。壁のくぼみには、水をためたタンク。水は甘く、ひたひたと揺れ、今のところまだアイス・ナインに毒されていない。化学処理便所、短波ラジオ一個、シアーズ・ローバックの商品カタログもあった。ごちそうと酒とろうそくのはいったたくさんの箱も見つかった。二十年前までさかのぼるナショナル・ジオグラフィック誌が、合本になって揃っていた。

そして『ボコノンの書』一揃い。
ツイン・ベッドもある。
わたしはろうそくに火をつけた。キャンベルの濃厚チキンスープの罐をあけ、スター
ノ・ストーヴの上に置いた。ヴァージン諸島産のラムを二つのグラスに注いだ。
モナが一つのベッドにかけ、わたしがもう一つのベッドにかけた。
「今まで何回となく男が女に言ったことだが、それをこれから言うつもりだ」と、わた
しは言った。「しかし、今ほど深い意味で言われることはないと思うよ」
「え？」
わたしは両腕を広げた。「やっとぼくたち二人だけになったね」

118　鉄の処女と地下牢

『ボコノンの書』のうち『第六の書』は、もっぱら苦痛の問題にあてられている。とり
わけ人が人に加える拷問のことが詳しい。「もしわたしが鉤吊りにされるようなことが
あれば、たいへん人間らしい振舞いをすると思いなさい」ボコノンはそう注意している。

続いて彼は、拷問台、ペディウィンカス、鉄の処女、ヴェリア、地下牢のことを語る。

どれをとっても泣き叫ぶ羽目になることに変りはない
ただ地下牢だけは、死ぬ前に考える時間をくれる

モナとわたしを内におさめた岩の子宮は、たしかにその言葉どおりだった。少なくとも、考えることだけはできた。考えたことの一つは、地下牢内の衣食の快楽が、根本にある幽閉の苦しみをすこしも和らげてくれないという事実だった。

地下にもぐった最初の一昼夜には、竜巻がマンホールの蓋を一時間に何回となくガタつかせた。そのたびに穴の内部の気圧はとつぜんさがり、耳がウワンと鳴り、頭がジーンとするのだった。

ラジオはどうだったかというと——パチパチ、シューシューといった空電ははいるが、それだけ。短波周波数帯の端から端まで、電信係のツートンさえ聞えなかった。たとえ生存者がいるにしても、放送はとまってしまったのだ。

そして、この日になるまで、ラジオ放送はどこからもはいらない。

おそるべき青白色の霜、アイス・ナインをまきちらしながら、竜巻が地上のあらゆる

生き物や物体をこなごなにして吹きとばしてしまったのだろう。わたしはそう考えた。たとえ生きながらえているものがあっても、じきに死んでしまうに違いない。渇きか——でなければ、飢えか——でなければ、怒りか——でなければ、感情の喪失で。
わたしは『ボコノンの書』を開いた。内容をまだそれほどくわしく知らないので、宗教的な安らぎが得られるかもしれないと思ったのだ。『第一の書』の扉にある警告を、わたしは急いで読みとばした——

馬鹿なことはやめろ！　すぐこの本を閉じるのだ！　〈フォーマ〉しか書いてないんだぞ！

〈フォーマ〉とは、むろん、嘘のことである。
つぎに、わたしはこれを読んだ——

はじめ神は大地を創造された。そして、広大無辺な孤独のなかから地上を見おろされた。
そして神は言われた。「泥から生き物を作りだそう。わたしのしたことが、泥に見えるように」神は、動きまわる生き物を種類にしたがって創造された。その一つが、人だった。泥から生まれたもののなかで、人だけが話すことができた。泥から生まれた人が、起きあがり、あたりを見まわし、話しはじめると、神はそのそばに行かれた。人は目をしばたたいた。

「いったい、これには何の目的があるのですか？」と人はていねいにたずねた。

「あらゆるものに目的がなければいけないのか？」と神はきかれた。

「もちろん」と人は言った。

「では、これの目的を考えだすことをあなたにまかせよう」と神は言われた。そして行ってしまわれた。


たわごとだ、とわたしは思った。

「もちろん、たわごとだ」とボコノンは言っている。

わたしは、慰めとなる秘密、もっとはるかに深遠な秘密を求めて、天使のようなわたしのモナのほうを向いた。

二つのベッドを隔てる空虚をじりじりとわたりながら、わたしはモナのこの上ない美しい瞳のなかに、イヴの昔からの神秘が潜んでいるのを想像することができた。

それに続いた気の滅入る性行為のエピソードについては、語るのはよそう。わたしはあさましい行動をとり、激しい抵抗にあったと書くだけで充分だろう。

モナは、生殖行為にはまったく関心がないのだった――いや、嫌悪さえしていた。新しい人間をつくりだすのに、なぜこんな奇怪な唸り声と汗ばかりの企てを発明したのか――取っ組みあいが終る前から、わたしはその責任をとらされていた。わたし自身にしても、同じ気持だった。

歯ぎしりしながら、わたしは自分のベッドに戻った。彼女は性行為が何のためのものなのか、まるっきり知らないのだろう、とわたしは思った。だが、やがて彼女はやさしく言った。「こんなときに赤ちゃんができたら悲しいでしょうね。そう思わない？」

「そう思うよ」わたしはふさぎこんで言った。

「あのね、知らなければ教えてあげるけれど、今のは赤ちゃんを作る方法なのよ」

119　モナがわたしに感謝する

ボコノンは言う。「今日わたしはブルガリアの文部大臣になる。明日わたしはトロイのヘレンになるだろう」彼の言わんとするところは、水晶のように明晰である。わたしたちはみんな、自分自身でなければならないということだ。地下牢でわたしが主に考えたのは――『ボコノンの書』の助けを借りて考えたのは、このことだった。

ボコノンはわたしに、こう歌おうと呼びかけていた――

だらだら、だらだら、おれたちゃやる
やらなきゃならないことだから
えんやら、えんやら、やらかして
しまいにゃ、からだがつぶれちゃう

新鮮な空気を送りこむ換気扇を自転車に乗って回転させながら、わたしはその歌詞に合う節《ふし》をつけて低く口笛で吹いた。

「人間は酸素を吸って、炭酸ガスを吐くんだ」わたしはモナに声をかけた。

「なあに？」

「科学さ」

「ああ」

「人間が長いあいだかかってやっと理解できた、生命の秘密の一つだよ。生き物が吐きだしたものを生き物が吸いこむ。逆もまた真なり」

「知らなかった」

「これで覚えたね」

「ありがとう」

「どういたしまして」

自転車による新鮮な空気の入れ換えが終ると、わたしは鉄梯子をのぼって天候を見に行った。一日に何回かそうしていた。四日目のその日、マンホールの蓋を持ちあげ、三日月型の狭い隙間から外をのぞいたところ、天候がやや安定してきたことがわかった。安定とはいっても、とほうもなく活気のある安定で、竜巻の数はいっこうに減っていなかった。その状態は、今日になっても変っていない。だが、竜巻の口はもう大地をむさぼり食ってはいなかった。どの方向に見える口も、地上半マイルほどの高さまで、おとなしくひっこんでいた。時がたっても、竜巻の高さにはほとんど変化は見られず、サン・ロレンゾ全体が竜巻よけのガラスで保護されているような感じだった。

わたしたちはさらに三日辛抱し、竜巻どもが見かけと同様、心からかしこまっているかどうか確かめた。そしてタンクの水を水筒につめると、穴の口へのぼった。

大気は乾燥し、熱く、死んだように静まっていた。

温帯の季節の数は四つではなく六つではないか、という説がある。夏、秋、結氷、冬、融氷、そして春。マンホールの外で体をのばしたとき、思いだしたのはそれだった。わたしは見まわし、耳をすまし、においを嗅いだ。

においはなかった。動くものはなかった。一歩進むごとに、足は青白色の霜を踏みつけ、地面は小石のようにギシギシと音をたてた。その音の一つ一つが、あたりに大きくこだました。氷結の季節は終った。地上には、氷が張りつめたのである。

季節は冬、永遠に冬なのだった。

わたしは手をさしのべて、モナを穴から出した。手を青白色の霜に触れないように、手を口に持っていかないように、とモナに注意を与えた。「今ほどたやすく死ねるときはない。地面に手をふれて、口元に持っていけばいいんだ。それで終りだ」

彼女は首をふり、ため息をついた。「いけない母親ね」

「なんだって?」

「母なる大地のこと――もう良い母親ではなくなってしまったのね」

「おうい! おうい!」わたしは宮殿の廃墟のなかで叫んだ。おそるべき竜巻が、広大な石の堆積のなかにいくつもの峡谷をうがっていた。モナとわたしは、生存者をもとめて気のない捜索を続けた——生き物の気配はまったくなかったのだから、気がはいらないのも無理はない。せわしなく動く口と濡れた鼻を持つねずみ一ぴき、生き残っていなかった。

宮殿の門のアーチだけが、無傷で残っている人工物だった。モナとわたしはそのアーチをめざした。台座には、白ペンキで文字が書かれていた。ボコノン教の「カリプソ」である。文字はきちんとしており、真新しい。それは何者かが嵐のなかを生き延びた証拠だった。

これがその「カリプソ」である――

いつか、いつか、この狂った世界にも
終りの日がやってくる
そうして、おれたちの神さまは
おれたちに貸されたものを取り返す
もしも、その悲しい日
神さまをどなりつけたくなったなら
どなりつけるはこちらの勝手

神さまはただほほえんで
こっくりうなずかれるだろう

120　関係者各位

わたしは『知識の本』という児童向き百科辞典の広告を思いだした。男女の二人の子供が信頼しきった眼差しで父親を見あげている絵がある。「パパ」と一人がきいている、「どうして空は青いの？」答えは、その『知識の本』のなかに見つかるという仕掛けだ。

宮殿から出る道をモナと二人で歩きながら、もし父親がそばにいるなら、その腕にすがって質問したいことがたくさんあるのだが、とわたしは思った。「パパ、木がみんな倒れているのは、どうして？　パパ、なぜ鳥はみんな死んでしまったの？　パパ、空があんなに気持の悪い色になって、虫がたくさんのたうっているのは、どうして？　なぜ海はあんなに硬く、静かになってしまったの？」

そこで気がついた。そういった面倒な質問に、誰よりもうまく答えられるのは、このわたしなのだ。もちろん、二人のほかに生きているものがいるとすればの話だが。誰かが生き残っていれば、わたしは、何がどこでどう間違ったのか教えることができる。

だが、そうしてどうなる？

みんな、どこで死んでいるのだろう？　モナとわたしは、たった一人の死者も見つけることなく、地下牢から一マイルあまりやってきた。

生存者への興味は、それほど強くなかった。最初に問題になるのは、累々たる死体だということを敏感に感じとっていたせいだろう。かがり火がありそうなあたりにも、煙はたちのぼっていなかった。だが、虫ののたくる地平線が背景では、見分けるのは無理だったかもしれない。

一つだけ、わたしの目をひきつけたものがある。マッケーブ山の頂き、くさびを思わせる奇妙なでっぱりのまわりに、薄むらさき色の光輪が見えるのだ。光はわたしを呼んでいるようだった。モナといっしょにあの峰に登ろう、映画にでもありそうな馬鹿げた思いがわたしをとらえた。だが、そうして何の意味がある？

わたしたちは、マッケーブ山の麓の起伏を歩いていた。するとモナが、べつに目的もなさそうにわたしのそばを離れ、道をそれて、盛りあがりの一つにのぼった。わたしはあとに続いた。

わたしは、丘の頂きにいるモナと並んだ。彼女は、広々とした天然の窪地を一心不乱に見おろしていた。泣いてはいない。

だが泣いても不思議はなかっただろう。

その窪地には、何万という死者がいた。どの死者の唇にも、アイス・ナインの青白色の霜がおりていた。

死体がひっくりかえったり、散乱したりしていないところからすると、おそるべき風がおさまってから集められたに違いない。また、どの死体も指を口のなかか、口元まであげているところから、彼らが自発的にこの陰気な場所に集まって、アイス・ナインを口中に入れたことが推測できた。

男も女も子供もいる。〈ボコマル〉の姿勢をとっているものも多かった。みんな円型劇場の観衆のように、窪地の中央に顔を向けている。

モナとわたしは、霜をかぶったたくさんの目が見つめているところ、窪地の中央を見た。そこには丸い空地がある。ちょうど弁士がひとり立てそうなくらいの広さだった。

モナとわたしは、無気味な彫像の群をよけて、おずおずと空地に近づいた。空地には、大きな丸石が一つ。石の下には、鉛筆で何やら書かれたメモがあり、こうあった——

ここにいるのは、海が凍りついたのち、サン・ロレンゾをおそった嵐を生きのびた人びとのほぼすべてである。この人びとはボコノンという似非《えせ》聖者をとらえ、ここに連れてきて、まん中に据えると、質問に答えるように命じた。全能の神は何をされようとしているのか。自分たちは何をすればよいのか。すると、いかさま師はこうこたえた。神はあなたがたを殺そうとしているのだ。おそらく、あなたがたに愛想がつきたのだろう。こうなったからには、あなたがたも立派な死にかたを選ぶがよい。見るとおり、彼らはたしかにそうした。

メモには、ボコノンの署名があった。

121 わたしは答えがおそい

「なんという皮肉屋だ!」わたしはあっけにとられた。メモから顔をあげると、死に満ちみちた窪地を見まわした。「どこかにいないか、そいつは?」

「見えないわ」モナがおだやかに言った。悲しんでも、おこってもいない。逆に、今にも笑いだしそうだった。「いつも言っていたわ。自分の意見には決して従わない、そんなものが無価値なことはわかってるからって」

「ここにいなくてどうする?」わたしは苦々しく言った。「なんてずうずうしいやつだ! みんなに自殺をすすめておいて」

モナが本当に笑いだした。笑い声を聞くのははじめてだった。驚くほど低い、粗野な笑い声だった。

「そんなにおもしろいかい?」

彼女はものうげに両手を広げた。「あまり簡単だからよ。こんなにたくさんの人たちのたいへんな問題を、こんなにあっさりかたづけてしまったんですもの」

モナは笑いながら、のんびりとした足どりで石化した群衆のなかを歩いてゆく。やがて傾斜の途中で立ちどまり、こちらを見た。わたしに呼びかけた。「もしできるんだったら、この人たちを生きかえらせたいと思う? 早く答えなさい。だめ、答えが遅すぎるわ」三十秒ほどしたところで、愉快そうに言った。そして、まだかすかに笑いながら地面に指をつけると、身体をおこし、指を唇にあてて死んだ。

わたしが泣いたかって? 泣いたと人は言う。ふらふらと道を歩いている途中、H・ロウ・クロズビーとヘイズルとニュートン・ハニカーにばったり出会った。三人は、嵐をまぬかれたボリバル唯一のタクシーに乗っていた。わたしは泣いていた、と彼らは言う。ヘイズルも泣いたが、それは生きているわたしを見ての嬉し泣きだった。

三人は、わたしをなだめすかしてタクシーに乗せた。

ヘイズルはわたしをだきかかえた。「さあ、もうママといっしょよ。なにも心配しなくていいの」

わたしは心をからっぽにした。目をとじた。でぶでぶした、湿っぽい、うすのろのいなかものによりかかりながら、わたしは心底から白痴的な安らぎを味わった。

122 スイスのロビンソン一家

三人はわたしを連れて、滝の落ち口に残ったフランクリン・ハニカー邸の一部に行った。残ったのは滝の下の洞窟で、今やそれは、アイス・ナインの青白い、すきとおったドームにおおわれた一種の氷の家《イグルー》になっていた。

世帯は、フランクと、こびとのニュートと、クロズビー夫妻の四人。彼らは宮殿の穴ぐらの一つで生きのびた。わたしのいた地下牢よりもっと浅くて、住み心地の悪い部屋である。そして風が弱まるとすぐに引越した。モナとわたしは、それからさらに三日間地中にいたのである。

宮殿の門のアーチの下で、四人はたまたま奇蹟的にタクシーを見つけた。白ペンキの罐も見つかったので、フランクは両側のフロント・ドアに星々を白く描き、フードには〈グランファルーン〉の一つ、USAの文字を書いた。

「そしてアーチの下にペンキを置いていった」と、わたし。

「どうして知ってるんだ?」クロズビーがきいた。

「ほかにも通りかかった人間がいるらしくて、詩を書きのこしていたからです」

アンジェラ・ハニカー・コナーズと、フィリップとジュリアン・キャッスルの死のようについては、わたしは性急にきかなかった。たずねれば、モナのことを話さねばならない羽目になるからだ。話すだけの心の用意は、まだできていなかった。

とりわけモナの死については話したくなかった。タクシーのなかのクロズビー夫妻とニュートが、場違いなほど陽気だったからだ。

なぜ陽気なのか、ヘイズルがヒントをくれた。「待っていなさいよ、あたしたちがどんなふうに暮しているかを見せてあげるから。おいしいものはなんでも揃っているし、水がほしいときには、火をたいてすこしずつ融かせばいいのよ。〝スイスのロビンソン一家〃——そう呼ぶことにしたの、あたしたちのことを」

123 廿日鼠と人間

ふしぎな六カ月が過ぎた——その六カ月に、わたしはこの本を書いた。ヘイズルが、わたしたちのこの小さな社会を〃スイスのロビンソン一家〃と呼んだのは正しかった。嵐を生きのび、絶海の孤島に取り残されたのだが、いざ生活をはじめてみると、それはたいへん気楽なものだったからである。ウォルト・ディズニー映画みたいな魅力さえないわけではなかった。

植物も動物も死に絶えたのは事実である。だがアイス・ナインは、豚や、牛、小型の鹿、鳥、苺などあらゆるものを冷凍保存した。わたしたちはただ融かし、料理するだけでよかった。しかもボリバルの廃墟を掘りかえせば、何トンにものぼる罐詰が手にはいるのである。サン・ロレンゾで生き残ったのは、どうやらわたしたちだけらしかった。

食料のほか、衣類と住居にも不足はなかった。空気は常に乾燥しており、風はなく、暑いだけだったからだ。健康状態もあきあきするほど良好。病菌はみんな死んでしまったか——でなければ昼寝しているのだろう。

あまりにも申し分なく円満に適応してしまったので、ヘイズルが「一ついいことがあるわ。蚊がいないこと」と言ったときも、驚きや反論はどこからも出なかった。

ヘイズルは、フランクの家があった空地に三脚のスツールをだして坐っていた。彼女は赤い布と白い布と青い布を縫いあわせるのに余念がない。ベッツィー・ロス（アメリカ合衆国の国旗をはじめて考案したと言われる婦人。一七五二～一八三六）を気取って、アメリカ国旗を作っているのだ。赤はじっさいにはピンクで、青は黄みどりに近く、切り抜いた五十の星はアメリカの五角星形というよりもダビデの六角星形だったが、それを口にするような不親切なものはいなかった。

夫のクロズビーはむかしから料理の名人で、今も近くにたき火をつくり、鉄鍋でシチューをぐつぐつと煮たてている。食事の世話はすべて彼の担当。料理が好きなのだった。

「見た目も、においも、おいしそうだ」と、わたし。

クロズビーはウィンクした。「料理番を撃つなよ。一所懸命やってるんだからな」

このうちとけた会話の背景から、さわがしいトントントンツーツーツーが聞えている。フランクの手になる自動ＳＯＳ発信機の音である。そんなふうに、夜となく昼となく遭難信号を送っているのだ。

「救いたまええええ」裁縫をしながら、ヘイズルは発信機の音にあわせて讃美歌を歌った。「救いたまええええ」

　やがてヘイズルがきいた。「本の進みぐあいはどう？」

「好調ですよ、ママ、好調」

「いつになったら見せてくれるの？」

「見せる時期が来たらですよ、ママ、見せる時期が来たら」

「有名な作家には、インディアナっ子がたくさんいるわ」

「ええ」

「立派な血筋をひいているから、きっと大作家になるわ、あなたも」彼女は頼もしそうにほほえんだ。「それは愉快な本なの？」

「そのつもりですけどね、ママ」

「気持よく笑えるのが好きだわ、あたし」

「それはうけあいます」

「ここの人たち、それぞれ専門があるわね、ほかの人に役だつような。あなたは本を書いて笑わせてくれるし、フランクは科学の方面をやってくれるし、それからニュートは——そのう、みんなのために絵を描いてくれるし、あたしは裁縫、ロウィーはお料理」

「〝人手多ければ労少なし〟——むかしの中国の諺《ことわざ》にありますね」

「頭のいい人たちだったのね、中国人て」

「そうだな。中国人のことを忘れちゃいけない」

「もっとあの人たちのことを勉強しておけばよかったと思うわ」

「いや、それはなかなかできなかったでしょう。理想的な条件のもとでも」

「何もかももっと勉強しておけばよかった」

「みんな心残りはありますよ、ママ」

「後悔先に立たず、ね」

「詩人が言ってるでしょう、ママ、〝廿日鼠と人間の言葉はかずかずあるなかで、もっとも悲しむべきは、「だったはずなのに」〟」

「美しい言葉、ほんとにそのとおりだわ」

124 フランクの蟻の園

ヘイズルの旗の完成は、わたしには悩みの種だった。彼女の愚劣な計画に、完全に巻きこまれたかたちになっていたからだ。ヘイズルは一人合点して、わたしがそのばかげた代物をマッケーブ山の頂きにうちたててくれるものと思いこんでいる。

「ロウとあたしがもっと若かったら、二人でやるんだけど。もう今では、あなたに旗をわたして、祝福してあげることしかできないわ」

「ママ、考えたんですけどね、あそこが旗をたてるいちばんいい場所かな？」

「ほかにあって？」

「じっくり考えてみます」わたしはそこを失礼して、フランクが何やらやっている洞窟にはいった。

目新しいことは何もしていなかった。フランクは手製の蟻の飼育箱を観察していた。ボリバルの廃墟の三次元世界に生き残っていた蟻を掘りだしてきて、次元を一つ減らした世界、つまり土を二枚のガラスでサンドウィッチにした世界に住まわせているのである。蟻たちは、フランクの思うままに干渉され、観察されていた。

蟻はなぜ水のない世界に生き残ることができたのか——実験はたちまちこの謎を解きあかした。昆虫類で生き残ったのは、わたしの知るかぎり、蟻だけ。彼らはアイス・ナインのかけらにボールのようにしがみつくことで問題を解決した。体温を中心にむかって放射するうちに、半数は死ぬ。だが終ったときには、一滴の水ができあがっているわけである。水は飲料となり、死体は食料となる。

「食べて飲んでうかれよう、どうせ明日《あした》はない命」わたしはフランクと彼の小さな食肉虫どもに言った。

フランクの返事は、いつもとまったく同じ。人間が蟻から学ぶことはたくさんあるという気むずかしい説教だった。

わたしもまた形どおりの返事をした。「自然とはすばらしいものじゃないか、フランク。自然とはすばらしいものだ」

「蟻がなぜうまくやっていけるかわかるかい？」彼は今まで何百回きいたかしれないことを、またきいた。「キョーリョクするからなんだ」

「いい言葉だな――協力か」

「だれが蟻に水の作りかたを教えた？」

「だれがおれに水の作りかたを教えた？」

「ばかな答えはよせよ」

「ごめん、ごめん」

「むかしはよくばかな答えをまじめに受けとったものだけど、もう卒業したよ」

「画期的な進歩だ」

「ずいぶんおとなになった」

「世界に多少の犠牲をはらわせてね」もちろん、フランクが聞いていないという絶対的な確信があるからこそ言えるわけである。

「むかしは人に簡単にだまされたけれど、それは自分に自信がなかったからなんだ」

「地上の人間を減らしただけで、おまえさんの社会問題はけっこう解決しちゃうんだね」と、わたし。これも、相手がつんぼだから言うわけである。

「さあ、さあ、わからないかな、いったい誰がこの蟻に水の作りかたを教えたのか」フランクがまたぞろ質問をふっかけてきた。

それは、神さ——とあたりまえの答えを何回かしてみたことがある。彼がその理論を否定も肯定もしないことは、そのとき手をやいた経験から知っていた。そう言うと、ますますムキになり、同じ質問を何回も何回もふっかけてくるのだ。

わたしは『ボコノンの書』の忠告にしたがって、フランクと別れた。ボコノンは言っている、「こんな男には気をつけろ。何かを学ぼうとしてさんざん苦労し、学んだあとで、自分がすこしも利口になっていないと気づいた男。そういう男は、自分の愚かしさにたやすく気づいた人びとを殺したいほど憎んでいるものだ」

われらの画家、こびとのニュートを、わたしは捜した。

125　タスマニア原住民

洞窟から四分の一マイルほど行ったところで、殺風景な風景画を描いているニュートが見つかった。ニュートはわたしを見ると、絵具を徴発したいのだがボリバルまで車で送ってくれないかと言った。彼は車の運転ができなかった。ペダルまで足がとどかないのだ。

わたしたちは出発した。途中、わたしはニュートに、性衝動はまだ残っているかときいた。こちらはなんにも残っていない——その方面の夢は、ついぞ見なくなってしまった、と、わたしは嘆いた。

「むかしは二十フィート、三十フィート、四十フィートも背丈のある女の夢をよく見ていたなあ」とニュートが言った。「だけど今はどうだろう？　あのウクライナのこびと娘がどんな顔だったかも思いだせないや」

わたしは、むかし読んだことのあるタスマニアの原住民の話を思いだした。一年中はだかで暮している民族で、十七世紀、白人がはじめて出会ったとき、彼らは農耕も、牧畜も、住居を作るすべさえも知らなかった。もしかしたら、火さえ知らなかったかもしれない。白人の目には、あまりにも無知な彼らは人間と映らず、イギリスから囚人として送られてきた初期の植民者たちは、気晴らしに彼らを狩った。そのため原住民は生きる興味を失い、子供を生まなくなってしまった。

わたしたちが男でなくなったのも、同じような絶望のせいではないだろうか、とわたしはニュートに言った。

ニュートはうがった意見を述べた。「人類を存続させる楽しみが、みんなの思っていた以上にベッドの楽しみを助長していたのかもしれないね」

「一人でも適齢期の女がいれば、状況はまるっきり違っているんじゃないかね。ヘイズルばあさんは年が行きすぎてる。あれじゃあ、蒙古症の子供も産めやしない」

するとニュートが、蒙古症の白痴のことならかなり知っているとうちあけた。彼は奇形児の特殊学校にかよったことがあり、級友の何人かは蒙古症児童だったという。「クラスでいちばん書くのがうまいのが、マーナという蒙古症の子なのさ――といっても、ペン習字だよ。自分で書くわけじゃない。そういえば何年ぶりかだなあ、あの子のことを思いだすの」

「授業はおもしろかったかい？」

「覚えているのは、校長の口ぐせだけだな。生徒があちこち散らかすのを、いつもラウドスピーカーで、がみがみ言うんだ。〝わたしはもううんざりした……〟はじめの文句は、いつも同じ」

「最近のぼくの心境をかなりうまく言いあてたてるね、その文句」

「そういう心境になるように定められているんだろうな」

「ボコノン教徒みたいな言いかたをするじゃないか、ニュート」

「ボコノン教徒だもの。ぼくの知るかぎり、こびとについて何か言っている宗教は、ボコノン教だけなんだ」

本を書くひまに、わたしは『ボコノンの書』を熟読したのだが、こびとにふれた個所はあいにく見落していた。対句でなるその引用文には、ボコノン教的思想の非情な逆説が、みごとにとらえられていた。つまり、現実に偽りの衣をかぶせる必要を痛切に感じながら、それが不可能なことを痛切に思い知っているという事実である。その個所に注意を喚起してくれたニュートに、わたしは感謝した。

こびとよ、こびと、こびと、なんと気取った歩きぶり
そうだ、考えの大きさで決まるんだ、その男ぶり！

126 静かな笛よ、その音を聞かせておくれ

「なんと気の滅入る宗教だ！」わたしはどなり、ユートピアの方面に話を向けた。そうなるはずだった世界、そうあるべきであった世界、この世界が融けるものなら、いつかそうなるかもしれない世界。

だがボコノンはここにも顔を出していた。たっぷり一巻を費しており、「ボコノンの共和国」と表題のある『第七の書』がそれだった。以下のすさまじい警句は、そこに書かれているものである——

ドラッグ・ストアを一手にする人間が世界を支配する。
まず、ドラッグ・ストアのチェーン、食料雑貨店のチェーン、ガス死刑室のチェーン、それに国民的競技から、共和国の建設をはじめよう。憲法をつくるのは、そのあとでいい。

わたしはボコノンを、糞ったれ黒んぼとののしり、ふたたび話題を変えた。わたしは、

有意義な個人の英雄的行為のことを話した。とりわけ、ジュリアン・キャッスルとその息子の死にかたを讃えた。二人は、竜巻が荒れくるうさなか、最後に残された希望と慈悲を人びとに施すために、〈ジャングルの希望と慈悲の館〉に徒歩で出発したのだ。アンジェラの死にかたも、また立派だと思った。ボリバルの廃墟でクラリネットを見つけると、吹き口がアイス・ナインに汚染されているのもかまわず、すぐに吹こうとして死んだのだ。

「静かな笛よ、その音を聞かせておくれ」わたしはかすれた声でつぶやいた。

「恰好のよい死にかたが見つかるよ、そのうち」とニュートが言った。

いかにもボコノン教徒らしい言葉である。

わたしは思わず自分の夢を打ちあけた。何かすばらしいシンボルをたずさえてマッケーブ山を登り、頂きにそれをうちたてたいのだ、と。わたしはハンドルからいっとき手をはなし、そのシンボルが払底しているという身ぶりをした。「だが、いちばんふさわしいシンボルはなんだ、ニュート？　いったい、なんだ？」またハンドルをにぎった。

「ここに世界の終りがある。そしてぼくがいる、ほとんど最後の人間として。そしてあそこには、このあたりでいちばん高い山がある。ぼくの〈カラース〉が何をめざしていたか今になるとわかるよ、ニュート。ぼくをあの山に登らせるためだったんだ。五十万年もむかしから、〈カラース〉は夜昼なく着々とその仕事をすすめていたのだ」わたしは首をふった。半分泣いていた。「だが、この手に何を持てばいいんだ？」

問いかけながら、うつろに窓の外をながめていた。うつろもいいところだったので、一人のニグロの老人と目があったのに気づいたのは、それから一マイル以上も走ったころだった。生きている黒人だ。老人は道のかたわらにすわっていた。

わたしは車の速度をゆるめた。停めた。そして目をおおった。

「どうかしたの？」とニュートがきいた。

「いまボコノンを見た」

127 完

老人は岩の上にすわっていた。はだしで、両脚はアイス・ナインの霜におおわれていた。ブルーの房かざりのある白いベッドカバーが、唯一の着衣だった。房かざりには、カサ・モナの文字があった。わたしたちが着いても、気づいた様子はなかった。片手には鉛筆、片手にはメモ用紙を持っている。

「あなたはボコノン？」

「そうだが？」

「何をお考えですか？」

「『ボコノンの書』のしめくくりを考えていたところさ、お若いかた。しめくくりを書く時期が来た」

「何かいい文句でも？」

老人は肩をすくめ、一枚の紙をよこした。

それには、こうあった――


もしわたしがもっと若ければ、人間の愚行の歴史を書くだろう。そしてマッケーブ山の頂きにのぼり、歴史を枕に横になる。そして地面から、人を彫像にする青白い毒をつまみあげ、みずから彫像となるだろう。おそろしい笑いをうかべ、あおむけになり、天にいるだれかさんを見あげるのだ。親指を鼻の頭につけ、てのひらを広げた恰好のまま。

訳者あとがき

今でこそカート・ヴォネガット（名前の末尾にあるジュニアは、一九七六年の『スラップスティック』から落ちてしまったようだ）は、現代アメリカを代表する作家のひとりだが、かつて〝アンダーグラウンド作家〟とか〝カルト作家〟と呼ばれた時期があった。一九六〇年代なかばの数年間である。

アンダーグラウンドは、日本語に訳せば〝地下〟。もっとも、アメリカには地下出版はないも同然なので、〝読書界の表面には出ないが、秘かに広く読まれている作家〟という程度にとればよいだろう。またカルトとは、一部の集団による信仰に近い傾倒のこと。この場合、集団とは主に大学生で、以上二つを合わせれば、ヴォネガットは、批評家や一般読者は知らないものの、六〇年代なかば、アメリカの大学生のあいだで熱狂的に読まれていた作家ということになる。

なぜ大学生のあいだで読まれだしたかということは、ヴォネガット作品の本質にも関わりあってくるので早急な結論は出せないが、そのような現象を生んだ外的な条件はいくつかあげることができる。著作リストを見ると、ヴォネガットはむしろ寡作な作家で、一九五二年に処女長篇を発表してから、以後十年間に出した本は三冊にすぎない。順にあげていけば、まずアンチ・ユートピア小説『プレイヤー・ピアノ』があり、それから七年の空白をおいて、純然たるSFとしかいいようのない五九年の『タイタンの妖女』（科学的な小説が純然たるSFだと思ったら大まちがいですぞ）、短篇集『猫屋敷のカナリア』（六一年・未訳）、ナチ戦犯を扱った現代小説『母なる夜』（六二年）となる。

　外的な条件の一つは、彼がその十年間ペーパーバック・ライターであったことだろう。アメリカではハードカバーが一人前の保存用の本なら、ペーパーバックは半人前の読み捨て用であり、まともな批評の対象に取りあげられることはない。第一作『プレイヤー・ピアノ』はスクリブナー社からハードカバーで出版されたが、売れゆきはかんばしいものではなく、以後はペーパーバックに甘んじなければならなかった。もちろん彼の作品になみなみならぬ才能を認める編集者も何人かいたようだ。だが、その編集者がところを得なければ何の役にも立たない。『母なる夜』と『猫屋敷のカナリア』は、当時通俗ハードボイルドとウエスタンとメロドラマ専門だったゴールド・メダル・ブックスに収められ、そのまま埋れてしまった。

　この二冊をゴールド・メダル版で持っている人は、アメリカでもおそらくきわめて少ないだろう。ということで、また一つの条件が出てくるのだが、たんなるペーパーバック・ライターならまだしも、彼は〝SF作家〟であったからだ。はじめの二長篇はいうまでもなく、処女作「バーンハウス効果」（コリアーズ誌一九五〇年二月十一日号）以来、彼の作家的関心の大きな部分を占めるのはSF的思弁である。SFがようやく市民権を得た五〇年代にあっては、ある程度の年齢に達した一般読者が、おもしろい小説を求めてSFの山を漁《あさ》るはずがない。その意味でもヴォネガット作品は、SF的なものにさほど異和感を持たない若い読者の出現が必要だった。

このSF作家のレッテルは、ヴォネガットにとってよほど苦痛であったらしい。後年、評価が高まるとともに、〝ブラック・ユーモア作家〟以上に〝SF作家〟と呼ばれることを拒否するようになる。もともとSF専門誌にはほとんどのったことがなく、SF界からも理解あるアウトサイダーと見られていたヴォネガットだが、このレッテルから脱けだすのは、けっきょく『スローターハウス5』（一九六九年）を発表する前後だ。（それがここでまた、なぜSF文庫に収められるのかという事情には、このさい目をつぶろう）

しかし一九六三年になってツキがまわってくる。かつて彼に『タイタンの妖女』を書かせたペーパーバック編集者が、ホルト・ラインハート・アンド・ウィンストン社に引き抜かれたのを機会に、新作二本の契約を申しこんできたのだ。ヴォネガットは、『母なる夜』に続いてゴールド・メダル・ブックスのために書いていた長篇をそちらにまわす。これはジャケットに、グレアム・グリーン、テリイ・サザーンなどの推薦文を添えて、ひっそりと出版された。長篇の題名は、もちろん『猫のゆりかご』。

ひっそりが決して誇張でないことは、その直後、新聞などに出た書評の数を見ればわかる。ジェローム・クリンコウィッツとジョン・ソーマー編 *The Vonnegut Statement* (1973) の巻末にある書評リストによれば、『猫のゆりかご』に対してはわずか四つ。ところが、それから二年後の『ローズウォーターさん、あなたに神のお恵みを』では、なんとそれが二十に増えるのだ。その二年間に、ヴォネガットの人気は大学キャンパスから一般社会に急速に広まるわけだが、アンダーグラウンド作家の異名もちょうどこの時期に生まれる。というのは、『猫のゆりかご』を読んで、人びとが彼の旧作をさがしはじめたとき、それらはみんな絶版で、持っている友人に借りるか古本屋で見つけるしか方法はなくなっていたからだ。

『猫のゆりかご』は、ヴォネガットの名をアメリカ読書界でいちやく有名にした、いわば出世作にあたり、また『プレイヤー・ピアノ』より始まった主題と技法の模索が、はじめて絢爛と花を咲かせた作品でもある。長篇評論 *Kurt Vonnegut, Jr.* (1972) を書いたピーター・J・リードによれば、「(ここには) ヴォネガットに見るほとんどあらゆる趣向、技法、姿勢、題材が展示され、他の作品につながるディテールがいっぱい詰めこまれている」という。たしかに、ヴォネガット作品の名物、三文SF作家のキルゴア・トラウトこそ登場しないけれど、諷刺、SF、ナンセンス・ギャグ、宇宙的視野、寓話、逆説、現実をもてあそぶ科学と、現実の代用品としての宗教……彼の小説を特徴づける要素は、この中にまんべんなくちりばめられているといってよい。常識的なストーリイテリングにかわって、短いエピソードを積み重ねる手法が本格化するのもこの本からで、前作『母なる夜』の四十五章は、ここではいきなり百二十七章に増えている。

物語は、ヴォネガットの作品中では『タイタンの妖女』に次いで、もっともSF的といえるだろう。第一章の表題「世界が終末をむかえた日」は、読みはじめてまもなく主人公が書こうとしているノンフィクションの題名とわかり、むしろ現代小説風に展開してゆくが、舞台がアメリカ東部からカリブ海の架空の島サン・ロレンゾに移るにいたって奇怪な様相を呈しはじめ、紆余曲折の末、第百二十七章で世界はほんとうに終末をむかえてしまう。登場人物は、まったく無性格に描かれた語り手を除けば、一種の狂人と変人と奇形ばかり。その意味で『母なる夜』や『スローターハウス5』のしみじみした味わいを期待する読者には、いささか作りものじみて見えるかもしれない。だが、それも結末にいたるための作者の手。ヴォネガットのとぼけた語り口にのせられて、笑いころげながら読み進むうち、読者はこれが、どうしようもなく人間的な人びとの悲しい物語であることに気づくはずだ。

そして、ボコノン教。『猫のゆりかご』が成功した最大の秘密は、この異教《カルト》の発明にあるといって過言ではないだろう。はじめのところで〝カルト作家〟と書いたのは、たんなるはずみではない。讃美歌カリプソのかたちで、あるいは珍妙な宗教用語のかたちで作中くりかえし語られるボコノン教は、全体をつらぬく作者の思想であって、いいかえれば、この小説の魅力にとりつかれることは、読者がボコノン教に改宗することでもあるからだ。

これに関連して、この小説の冒頭の一行は、日本の読者には解説が必要かもしれない。物語はこう始まる――「わたしをジョーナと呼んでいただこう」日本語にすると馴染みはないけれど、これはハーマン・メルヴィル作『モービイ・ディック』の有名な書きだし(Call me Ishmael.)のもじり。『モービイ・ディック』は白い鯨という巨大な幻想を追い求める男の話だった。ところがジョーナは、旧約聖書ヨナ書で、「大《おおい》なる魚」に呑みこまれ、魚の腹の中で三日三晩過したのち、ぶじ岸に投げだされる小預言者ヨナの英語名。どうやら、これは巨大な幻想に呑みこまれる男の寓話らしいのだ。念のいったことに、語り手がやがておもむくサン・ロレンゾ島には、銛を打ちこまれた鯨そっくりの山がある。しかし聖書のヨナがぶじ岸に投げだされたとすれば、このジョーナは……

訳文について、もう一つおことわり。百二十三章の末尾で、語り手がこう引用する――

「廿日鼠と人間の言葉はかずかずあるなかで、もっとも悲しむべきは〝だったはずなのに"」傍点の部分は原文では、こうなっている——"Of all the words of mice and men..." ところが調べてみると、こんな名文は存在しないのだ。正しくは、"Of all the words of tongue and pen..."

つまり、本来なら「口でいい筆で書く言葉はかずかず……」としなければならないところを、語り手のジョーナは、韻が合うのでうっかり「廿日鼠と人間の……」と言いまちがえてしまったらしいのである。これを聞いて「美しい言葉だわ」とヘイズルは感心する。英語国民なら読んだとたんゲラゲラ笑いだし、この章はみごとに締めくくられる。だが、訳注はこのとおり長くなるし、聞きなれた日本語の名文に置きかえようにも言葉は見つからないし、ぼくにはこれはどうにも訳せなかった。ここで笑ってください。

本書は、一九七九年七月にハヤカワ文庫SFより刊行された『猫のゆりかご』の新装版です。

訳者略歴　1942年生，英米文学翻訳家　訳書『2001年宇宙の旅』クラーク，『スローターハウス５』ヴォネガット Jr.，『ノヴァ』ディレイニー，『地球の長い午後』オールディス，『ノパルガース』ヴァンス（以上早川書房刊）他多数

HM=Hayakawa Mystery
SF=Science Fiction
JA=Japanese Author
NV=Novel
NF=Nonfiction
FT=Fantasy

猫《ねこ》のゆりかご

〈SF353〉

一九七九年七月三十一日　発　行
二〇二五年五月二十五日　二十六刷
（定価はカバーに表示してあります）

著　者　カート・ヴォネガット・ジュニア
訳　者　伊《い》藤《とう》典《のり》夫《お》
発行者　早川　浩
発行所　株式会社　早川書房
郵便番号　一〇一 - 〇〇四六
東京都千代田区神田多町二ノ二
電話　〇三 - 三二五二 - 三一一一
振替　〇〇一六〇 - 三 - 四七七九九
https://www.hayakawa-online.co.jp

乱丁・落丁本は小社制作部宛お送り下さい。
送料小社負担にてお取りかえいたします。

印刷・製本　株式会社 DNP 出版プロダクツ
Printed and bound in Japan
ISBN978-4-15-010353-8 C0197

本書は活字が大きく読みやすい〈トールサイズ〉です。